Verena Keil/Nicole Schol (Hrsg.)

Wie ich 256-mal Christ wurde

Wahre Storys für Teens

Über die Herausgeber

Verena Keil und *Nicole Schol* sind Lektorinnen bei Gerth Medien und haben die Geschichten für dieses Buch ausgewählt und zusammengestellt. Nicole Schol hat gemeinsam mit einer Kollegin auch den humorvollen Teenie-Ratgeber „Pimp your Life" verfasst. Darüber hinaus ist sie Mitherausgeberin der Erzählbände „Beschenkt" und „Eine unerwartete Begegnung".

Verena Keil / Nicole Schol (Hrsg.)

Wie ich 256-mal Christ wurde

Wahre Storys für Teens

GerthMedien

FSC
Mix
Produktgruppe aus vorbildlich
bewirtschafteten Wäldern und
anderen kontrollierten Herkünften

Zert.-Nr. SGS-COC-1940
www.fsc.org

Verlagsgruppe Random House FSC-DEU-0100
Das FSC-zertifizierte Papier *Holmen Book Cream* für dieses Buch
liefert Holmen Paper, Hallstavik, Schweden.

Die Bibelverse in diesem Buch wurden, falls nicht anders angegeben,
folgender Übersetzung entnommen:
Hoffnung für alle – Die Bibel, durchgesehene Ausgabe
in neuer Rechtschreibung,
© 1986, 1996, 2002 by International Bible Society, USA
Übersetzt und herausgegeben durch:
Brunnen Verlag Basel, Schweiz.
Weiterhin wurden verwendet:
Gute Nachricht Bibel, © Revidierte Fassung,
durchgesehene Ausgabe in neuer Rechtschreibung,
© 2000 Deutsche Bibelgesellschaft, Stuttgart (GN)
Lutherbibel, revidierter Text 1984,
durchgesehene Ausgabe in neuer Rechtschreibung,
© 1999 Deutsche Bibelgesellschaft Stuttgart (LÜ)

1. Auflage 2010
Bestell-Nr. 816 494
ISBN 978-3-86591-494-1

Umschlaggestaltung: Immanuel Grapentin
Satz: Die Feder GmbH, Wetzlar
Druck und Verarbeitung: GGP Media GmbH, Pößneck
Printed in Germany

Inhalt

Vorwort

Willkommen in diesem Buch! Schön, dass du es in die Hände bekommen hast. Vielleicht hat es dir jemand geschenkt oder du hast es selbst irgendwo entdeckt. Auf jeden Fall lohnt es sich weiterzulesen. Denn für dieses Buch haben viele Autoren Erlebnisberichte beigesteuert – Leute, die entweder selbst Teenager sind oder sich noch ziemlich gut an diese aufregende Zeit erinnern können. Herausgekommen ist eine Sammlung von einzigartigen, persönlichen Geschichten über das, was man als Teen mit Gott so alles erleben kann. Und das ist manchmal zum Heulen schön, manchmal echt krass, auf jeden Fall aber total ermutigend! Ob es um Spickzettel geht oder einen Prüfungsblackout, die Berufswahl oder die Frage nach dem Plan fürs Leben, um Bewahrung und unerklärliche Wunder in verzwickten Situationen, Freundschaften, Selbstzweifel, das Ringen mit Gott oder um den eigenen Glauben – in diesen Geschichten hat alles seinen Platz. Und vielleicht findest du dich in den Storys ja wieder.

Auf jeden Fall möchte dich dieses Buch einladen, selbst herauszufinden und auszuprobieren, was im Leben wirklich trägt. Wir würden uns freuen, wenn du es wagst, dich in das Abenteuer des Glaubens zu stürzen – und wie die Autoren dieses Buches die Erfahrung machst: Ja, Gott liebt mich! Er hilft mir. Ich kann ihm vertrauen, auch wenn's schwierig wird.

An dieser Stelle ein ganz herzliches Dankeschön an alle, die uns ihre Geschichte geschickt haben! Viele davon haben es in dieses Buch geschafft. Danke für euer Vertrauen, eure Offenheit, euch mitzuteilen, und für eure Geduld.

Verena Keil und Nicole Schol *Im Januar 2010*

Ein Gott,
dem du vertrauen kannst

„Vertrau dich dem Herrn an
und sorge dich nicht um deine Zukunft!
Überlass sie Gott,
er wird es richtig machen."

Psalm 37,5

Riskiere etwas

Wer kennt das nicht? Die Schulzeit neigt sich langsam dem Ende zu und dann stehen so viele Fragen im Raum. Fragen, auf die man selber noch keine Antwort weiß. So viele Entscheidungen, die getroffen werden müssen ... Wo geht es lang? Und man steht da und denkt: „Ich weiß doch selber nicht, was ich machen will."

In gewisser Weise fühlte ich mich überfordert und wünschte mir, wieder Kind sein zu dürfen, ein Leben zu leben, ohne große Entscheidungen treffen zu müssen. Aber man wird halt nun mal älter, und das bringt auch Verantwortung mit sich.

Die ganzen Jahre wusste ich genau, was ich machen wollte. Klar – auch bei mir änderten sich die Berufe, aber sie blieben alle in derselben Richtung: Lehrerin, Kinderkrankenschwester, Erzieherin und zum Schluss Hebamme. Die 10. Klasse kam näher, was bedeutete, dass ich jetzt eine Entscheidung treffen musste. Wie sollte es weitergehen? Ausbildung oder weiter zur Schule gehen? Ich betete und hatte schließlich eine innere Ruhe über der Entscheidung, weiter die Schule zu besuchen. So gab ich mein Anliegen an Gott ab und ließ ihn machen – wenn es sein Wille sein sollte, dann würde ich auf dem Berufskolleg angenommen werden und das Fachabitur in Sozial- und Gesundheitswesen machen. Und so kam es auch. Nun ja, die 10. Klasse war schneller zu Ende als gedacht, und im 11. Schuljahr musste ich mir die Frage nach meinem Beruf erneut stellen. In meinem Kopf schwirrte so viel herum. Ich wusste selber nicht mehr, was ich eigentlich wollte. Seit vier Jahren schlug mein Herz für etwas ganz anderes. Aber immer mehr verlor ich das aus dem Blick. Und obwohl Gott mir konkret Dinge zeigte, wollte ich sie nicht so sehen, wie sie waren. Vielleicht deshalb, weil es für mich bedeuten würde, das sichere Ufer zu verlassen – etwas zu riskieren!

Und so kam das Jahr 2008. Das Jahr, in dem Gott etwas in mir verändern wollte. Ein Jahr, in dem Gott mir einen neuen Blick schenkte und mir die Augen öffnete. Es war im März. Seit drei Jahren versuchte ich, auf die Jugendkurzbibelschule zu kommen, aber aus irgendwelchen Gründen hatte es bisher nie geklappt. Jetzt erst war es endlich möglich geworden, dort hinzugehen, und ich bin heute noch fest davon überzeugt, dass alles Gottes Plan war!

Ich hatte große Erwartungen an die sechs Tage dieser Jugendkurzbibelschule. Ich wollte, dass Gott mir klar zeigt, was er mit mir vorhat, dass er mir ganz neu begegnet und deutlich zu mir spricht. Und natürlich hatte ich auch gewisse Vorstellungen, auf welche Weise dies geschehen sollte. Das ist typisch für uns Menschen, oder? Wir wollen es einfach und klar! Und am einfachsten schien es mir zu sein, wenn jemand anderes für mich einen Eindruck bekommt; ein Mensch, der mich überhaupt nicht kennt, aber genau in meine Situation spricht. So etwas wünschte ich mir. Wer würde so etwas nicht gut finden? Plötzlich ist da jemand, der dir sagt, wie die nächsten Schritte aussehen werden, deine Zukunft, wie du weitergehen sollst ...

Aber Gott handelt ja in solchen Fällen meistens genau anders, wie mir wieder ganz neu bewusst geworden ist.

Die Hälfte der Jugendkurzbibelschule war schon um, und Gott hatte mir immer noch nicht gezeigt, wie mein weiterer Weg aussehen sollte. Ich sprach zu ihm: „Bitte, Herr, zeig mir, was du mit mir vorhast – wo du mich hin haben möchtest!“ Und noch am selben Tag passierte Folgendes: Nach dem Mittagessen hatten wir noch ein bisschen Pause, bevor das Programm weitergehen sollte. Ich saß mit ein paar Mädels, die ich in den Tagen dort kennengelernt hatte, im Bistro und wir tranken Cappuccino. Im Bistro saß auch ein Bibelschüler und ich kam mit ihm ins Gespräch. Er fragte, was ich denn zurzeit mache und was ich nach der Jugendkurzbibelschule so vorhabe. Ich überlegte und auf einmal war mein Herzenswunsch wieder ganz deutlich zu spüren. „Na ja ... eigentlich möchte ich gerne auf eine Bibelschule gehen. Auf diese Bibelschule. Aber wir haben das Geld nicht dafür. Und ja, vielleicht mache ich dann eine Ausbildung zur Hebamme“, sagte ich.

Als ich meinem Gesprächspartner von den „Zeichen“ erzählt hatte, schaute er mich an und sagte mir einen Satz, der alles in mir veränderte: „Wie viele Zeichen erwartest du denn noch von Gott?“

In diesem Moment, in dem ich meinen Herzenswunsch erneut aussprach, war wieder dieses Feuer und die Sehnsucht da. Und ich fing an zu erzählen, wie Gott mir in den letzten vier Jahren seit meiner Taufe immer wieder neu „Zeichen“ gegeben hatte – beispielsweise einen Bibelvers; einen Eindruck, den jemand für mich hatte, obwohl er mich nicht kannte; oder der Umstand, dass mir schon einige Leute begegnet sind, die auf diese Bibelschule gegangen sind. Und das, obwohl ich diese Bibelschule vorher gar nicht kannte! Für manch einen mag es vielleicht Zufall sein, aber kann es tatsächlich so viele „Zufälle“ auf einmal geben?! Ich glaube nicht. Als ich meinem Gesprächspartner von den „Zeichen“ erzählt hatte, schaute er mich an und sagte mir einen Satz, der alles in mir veränderte:

„Wie viele Zeichen erwartest du denn noch von Gott?"

Ich musste schlucken. Dieser Satz ließ mich einfach nicht mehr los. Am Abend, als wir dann unsere Worship-Zeit hatten, stand ich vor Gott so, wie ich war. Ich hatte das Gefühl, ich würde auf seinem Schoß sitzen – auf dem Schoß meines himmlischen Vaters. Meine Augen waren geschlossen und ich hatte das Gefühl, Gott sagt mir Folgendes: „Mein liebes Kind, ich habe dir so viele Zeichen gegeben und du möchtest immer noch eins mehr. Es wird Zeit, dass du losgehst. Und wenn du losgehst, werde ich den Rest dazugeben. Vertraue mir!"

An diesem Abend beschloss ich tatsächlich, loszugehen, ohne Wenn und Aber, ohne zu wissen, wie das Ganze funktionieren sollte. Ich muss ehrlich gestehen, dass ich erst das Geld sehen und dann losgehen wollte, aber Gott wollte es genau anders herum. Der Grund, warum Gott das wollte, war, dass ich ihm vertrauen sollte. Er wollte, dass ich anfange, ein Risiko einzugehen, dass ich einfach losgehe. Manchmal müssen wir Dinge tun, die unsere Vorstellungskraft übersteigen. Denn nur, wenn wir das tun, kann Gott sich uns in seiner Größe offenbaren. Er antwortet uns, zwar nicht immer so, wie wir es gerne hätten, aber er zeigt uns unseren Weg. Wir müssen uns keine Gedanken um unsere Zukunft machen. Er hat wirklich alles unter Kontrolle!

Ein Teil von Gottes Antwort kam total überraschend, weil ich nicht so schnell damit gerechnet hatte. Ich saß in meinem Bett und dachte – nein, ich dachte eigentlich gar nichts, denn ich konnte gar nichts mehr denken. Ich konnte nur noch staunen. Nach der Jugendkurzbibelschule hatte ich eine Rundmail an meine Freunde geschrieben und erzählt, wie es in Bezug auf meine Zukunft aussieht, denn einige von ihnen hatten für mich gebetet. Ich schrieb auch, dass ich nächstes Jahr auf die Bibelschule gehen werde und ich überhaupt noch keine Ahnung habe, wie das finanziell gehen soll, aber dass ich mir da auch keine Gedanken mache, weil ich ganz genau weiß, dass Gott das im Griff hat. Bereits zwei Tage später erhielt ich einen Anruf von einem Freund, von dem ich schon längere Zeit nichts mehr gehört hatte. Ich hatte ihn bei einer Jugendmitarbeiterschulung vor knapp zwei Jahren kennengelernt.

Das Unglaubliche kommt jetzt: Er hat kurz nach dieser Mitarbeiterschulung von Gott gesagt bekommen, dass ich auf eine Bibelschule gehen werde, und dass er mich dann mit dem, was er geben kann, finanziell mit unterstützen soll. Ist das nicht krass? Er wusste es schon seit gut anderthalb Jahren! Gottes Wege sind einfach nur der Wahnsinn. Ich komme aus dem Staunen überhaupt nicht mehr heraus. Ich weiß, dass Gott auch den Rest zusammenfügen wird, darüber muss ich mir überhaupt keine Sorgen machen. Ich bin sehr gespannt, was Gott noch alles mit mir vorhat.

Aber dieses Vertrauen zu Gott lässt mich extrem wachsen in meinem Glauben, und es ist einfach nur genial, selber mitzubekommen, wie Gott einen verändert und formt – immer mehr. Tag für Tag.

„Seht euch die Raben an! Sie säen nichts und ernten nichts, sie haben keine Vorratskammern und keine Scheunen; aber Gott versorgt sie doch. Meint ihr nicht, dass ihr ihm viel wichtiger seid?“ Lukas 12,24; Hfa

Miriam Banek, 19

Tanzen für Jesus

„Herr, schenke mir ein Zeichen, ob ich das wirklich machen soll!“, wie oft habe ich dieses Gebet gesprochen, aber nie eine Antwort bekommen. Ich wusste nicht, ob das, was ich tat – oder besser gesagt, was ich machen wollte –, das war, was Gott mit mir vorhatte. Doch ich gab die Hoffnung nicht auf und wartete und wartete auf *das* Zeichen.

Ich gehe zurzeit in die 10. Klasse, und meine allergrößte Leidenschaft ist das Tanzen, genauer gesagt, das Ballettanzen. Ich möchte gern Tänzerin werden, und ich weiß auch, dass der Beruf hart ist. Aber ich liebe es! Doch will Gott auch, was ich will? Das war die Frage, die mir ziemlich viel Kopfzerbrechen bereitete. Will Gott, dass ich Tänzerin werde? Will er, dass ich mich der Musik, dem Tanz hingebe? Ich fragte Gott immer wieder, schickte ein Gebet nach dem anderen an ihn. Ich betete um ein Zeichen – vergebens. Ich wollte schon aufgeben, alles hinschmeißen und irgendeinen anderen Beruf erlernen. Doch der Gedanke an das Tanzen ließ mich nicht los, machte mir Mut und stärkte mich darin, dranzubleiben, auch wenn ich manchmal kurz vor dem Verzweifeln war.

Und dann, an einem Freitagabend, geschah es. An diesem Tag trafen wir uns im Teenkreis nicht wie gewöhnlich in unserer Gemeinde, sondern waren von einer Nachbargemeinde eingeladen worden, die einen Abend organisiert hatte, damit sich die beiden Gemeinden und auch die Teens untereinander besser kennenlernen konnten. Es sollte ein Abend mit guter Musik, guten Gedanken und vor allem gutem Essen werden.

Der Abend begann mit einem coolen Gottesdienst. Wir lauschten gespannt dem Theaterstück, das die Teens der Nachbargemeinde einstudiert hatten. Es ging um die Themen „Blindheit" und „Entscheidungen".

Nun folgte eine Lobpreiszeit. Die Live-Band verbreitete super Stimmung und alle waren ergriffen von diesem Feeling. Und genau jetzt quälte mich diese *eine* Frage ziemlich stark. Komisch, denn sonst dachte ich zwar auch viel über meine Zukunft nach, aber so eine „Quälerei" war das nie. Ich wandte mich mit meinen Sorgen an Gott, betete den Satz, den ich schon so oft gebetet hatte. „Herr, willst du das? Willst du, dass ich Tänzerin werde? Gib mir ein Zeichen, Herr, damit ich weiß, was ich tun soll, bitte!" Nichts passierte. Entmutigt hörte ich auf zu singen und lauschte nur den Klängen der Musik. Was sollte ich bloß machen? „Hallo, ist da oben jemand!? Hörst du mich, Gott? Ich brauch jetzt deine Hilfe!" Nichts geschah. Doch auf einmal wurde ich hellhörig, guckte an die Wand, an die der Text des Liedes projiziert wurde, und da war es: mein Zeichen! Meine Message von Gott! Ich schloss kurz die Augen, um sicherzugehen, dass ich nicht träumte, denn in meiner Verfassung hätte ich mir alles Mögliche einbilden können. Doch es war real. Da war mein Zeichen: „Tanz für Jesus!" Echt jetzt! In dieser Strophe stand „Tanz für Jesus". Mich haute es fast aus den Socken und mir schossen die Tränen in die Augen. Ja, ich weiß, vielleicht ist das voll naiv, aber das müsst ihr euch mal vorstellen: Da steht ein-

Doch es war real. Da war mein Zeichen: „Tanz für Jesus!"

fach so: TANZ FÜR JESUS. Ich war überwältigt. Es war ein Wunder, meine persönliche Nachricht von Gott. „Tanz für Jesus!" Tage-, ja sogar wochenlang hatte ich gebetet, dass er mir ein Zeichen gibt. Und gerade durch die Musik hat er mir eine Antwort gegeben. Was für ein wunderbarer Gott, der alle Gebete früher oder später erhört, der uns nicht vergisst und immer da ist, wenn wir ihn brauchen!

Tja, und wie geht es weiter? Ja, ich werde Tänzerin! So eine Chance lasse ich mir doch nicht entgehen, wenn Gott es will. Es ist mein Traum, mich der Musik hinzugeben, mit Leidenschaft zu tanzen – mit ganzer Kraft, mit ganzer Seele, und vor allem für meinen Vater im Himmel, der mir das Leben und die Liebe zum Tanzen geschenkt hat. Ja, ich werde für Jesus tanzen!

Annika Keidel, 17

„Kommt zurück zum Guten!“

Wer kennt sie nicht, die kleinen gelben Reclam-Bücher, die schon so manchem im Deutschunterricht mehr als den letzten Nerv geraubt haben? Mit einem solchen „Objekt“ – ich glaube es war das vierte in meiner Schulzeit – saß ich eines Tages an meinem Schreibtisch und schrieb mir mit Bleistift ein paar Notizen in das Buch. „Notizen“ nannte ich das, aber eigentlich bewegte sich das Ganze hart an der Grenze zu einem Spickzettel. Dass man sich während des Lesens persönliche Notizen ins Buch schreibt, ist ja für einen fleißigen Schüler nahezu eine Selbstverständlichkeit und nicht weiter schlimm. Ich aber war gerade dabei, Lerninhalte aus meinem Deutschheft sowie Leitsätze für eine Charakterisierung in mein Buch zu kritzeln.

In der letzten Deutschstunde vor dem Test hatte einer meiner Mitschüler genau diesen Punkt angesprochen und gefragt, ob man das nun machen dürfe oder nicht. „Dazu sag ich jetzt nichts“, hatte unsere Lehrerin nur darauf erwidert. Also interpretierte ich ihre Antwort nicht als striktes Verbot und machte mich mit geteiltem Gewissen ans Werk.

Dann, nach einer ganzen Weile, legte ich eine kurze Schreibpause ein. Ich hob den Kopf und mein Blick fiel genau auf den Tierkalender, der an der Wand hing und auf dem eine Möwe zu sehen war. Darunter stand folgender Bibelvers: „Kommt zurück zum Guten, dann wird der Herr, der Gott der ganzen Welt, wirklich bei euch sein! Amos 5,14.“ Ich dachte mir: *Okay, wenn Gott, der mächtige Herrscher und Schöpfer dieser Welt, also wirklich bei mir ist, dann ist das ja genial, vor allem angesichts der bevorstehenden Klassenarbeit.* Aber dann fiel mir auf, dass das Ganze ja an eine Bedingung geknüpft ist: „Kommt zurück zum Guten“. Mir stellte sich plötzlich unweigerlich die Frage, an welchem Punkt ich denn zum Guten zurückkehren solle. Ich schaute auf meinen Schreibtisch und sah es. Es dauerte nicht lange, bis ich mutig meinen Radiergummi nahm und das Aufgeschriebene wieder wegradierte.

Es dauerte nicht lange, bis ich mutig meinen Radiergummi nahm und das Aufgeschriebene wieder wegradierte.

Ich würde jetzt im Nachhinein nicht unbedingt sagen, dass es eine Sünde war, mir diese Notizen gemacht zu haben. Aber in dieser Situation hat Gott eben ganz klar und direkt zu mir gesprochen. Und da wollte ich ganz auf ihn vertrauen. Ich war zum Guten zurückgekehrt. Nun würde Gott, der Herr der ganzen Welt, wirklich bei mir sein.

Und er war es auch wirklich! Die Klassenarbeit lief einfach super. Und mein Gott schenkte mir in seiner Liebe und Treue eine sehr gute Note. Ja, ich bekam in der Tat eine glatte Eins! Das Erstaunliche war, dass sich mein Banknachbar, der eigentlich ganz gut in der Schule ist, sehr viele Notizen in sein Buch geschrieben hatte und trotzdem schlechter abgeschnitten hatte als ich.

Gott ist einfach gut und denen nahe, die auf ihn vertrauen!

Tobias Zehender, 16

Das gestohlene Armband

Im Sommer 1977 war ich in England auf einer tollen Freizeit gewesen und hatte – wie es häufig am Ende eines Urlaubs im Ausland ist – noch ein paar Münzen in meiner Geldbörse, die ich nicht mehr losgeworden war. Das Geld reichte nicht mehr ganz, um irgendetwas „Sinnvolles“ zu kaufen, aber weggeben wollte ich es auch nicht. So blieben die Münzen einfach in meinem Portemonnaie und kamen mit nach Deutschland. Ein Geldstück hatte genau die Größe von einer D-Mark, war aber umgerechnet nur etwa 20 Pfennig wert. Vielleicht konnte ich das Kleingeld ja irgendwann noch brauchen ...

Auf dem Weg zur Schule kam ich jeden Tag an einem Lebensmittelgeschäft vorbei, vor dem zwei Automaten angebracht waren, die mich irgendwie faszinierten. Der erste Automat war gefüllt mit „Flummis“ oder „Hoppsbällen“, wie die kleinen Gummibälle damals hießen. Sie schillerten in allen Farben und Formen und schafften es jedes Mal, mich dazu zu bewegen, sie mir interessiert anzuschauen. Der zweite Automat enthielt Ketten, Ringe und Armbänder, die ich supercool fand und natürlich auch alle gerne gehabt hätte. Wenn man ein Markstück in den Automaten steckte, spuckte dieser dann ein kleines Plastiktütchen mit einem Schmuckstück beziehungsweise einen bunten

Flummi aus. Eine Mark war natürlich bei fünf Mark Taschengeld pro Woche ganz schön viel Kohle! Immer mal wieder stand ich also vor den Automaten und überlegte, ob ich mein Taschengeld dafür ausgeben sollte.

Eines Tages, als ich wieder einmal an den Automaten vorbeilief, fiel mir plötzlich mein Geldstück aus England ein, das sich noch immer in meiner Geldbörse befand. Das hatte doch genau die richtige Größe und könnte in den Geldschlitz passen. Dass ich darauf nicht eher gekommen war ... Und außerdem: Die Münze war doch sowieso „übrig“ und dümpelte in meiner Geldbörse herum. Jetzt würde sie also doch noch Verwendung finden, und ich war sie endlich mal los. Ein bisschen mulmig war mir zwar schon, und mein Herz klopfte auch ziemlich laut, als ich das Geldstück vorsichtig in den Schlitz steckte, aber die Neugierde, ob das wirklich funktionieren würde, besiegte letztlich den Anflug von schlechtem Gewissen. Es war doch nur ein Test und nicht wirklich schlimm, was ich da tat, oder? Aber warum wurde mir dann plötzlich so unangenehm heiß? Das war sicher nur die Aufregung, ob das Experiment auch klappen würde. Ich hatte die Sache angefangen, jetzt würde ich sie auch durchziehen. Mit einem Ruck drehte ich den Schalter im Uhrzeigersinn; es machte „klack“ und ein kleines Tütchen mit einem Armband fiel in die Auslage. Ungläubig starrte ich auf meine Ausbeute – es hatte also tatsächlich funktioniert?!

Verstohlen blickte ich mich nach rechts und links um und beförderte dann das Armband in meine Hosentasche. „Du hast es geklaut“, schoss es mir durch den Kopf, und die Stelle, an der sich das Armband befand, fühlte sich plötzlich ganz heiß an. „Ach quatsch, du wolltest doch nur mal testen, ob das funktioniert, das war doch eigentlich nur ein Gag“, antwortete eine andere Stimme in mir, die mich zu beruhigen versuchte. Aber warum fühlte ich mich dann so furchtbar? Ziemlich verwirrt machte ich mich auf den Weg nach Hause und versuchte, über die Situation nicht mehr nachzudenken. Wenn ich nur lange genug wartete, würde das merkwürdige Gefühl in meinem Bauch sicherlich schon bald von selbst wieder verschwinden.

Aber genau das Gegenteil war der Fall – das merkwürdige Gefühl wurde in den nächsten Tagen immer schlimmer und mein Gewissen drückte mich immer mehr. „Du bist ein Dieb“, meldete sich die Stimme in mir, wenn ich an den zwei Automaten vorbeilief. „Du hast für etwas, was eigentlich eine Mark kostet, nur 20 Pfennig bezahlt und den Eigentümer also betrogen.“ Ich wusste inzwischen, dass die Stimme recht hatte und hörte auf, mir die Sache schönzureden. Wenn es möglich gewesen wäre, hätte ich das Armband ja sofort wieder in den Automaten zurückbefördert – aber das ging ja nicht. Ich war wirklich verzweifelt! *Wie komme ich aus der Nummer bloß wieder raus?* Ich hatte nicht den leisesten Schimmer, was ich tun konnte, um die ganze Sache wieder geradezubiegen. Und dabei hatte ich doch vor kurzem die Entscheidung getroffen, mein Leben fortan mit Jesus zu leben – und der fand es ganz bestimmt nicht cool, wie die Sache gelaufen war. Ich schämte mich vor ihm in Grund und Boden. „Bitte, Jesus“, betete ich in meiner Verzweiflung, „zeig mir, wie ich das wieder hinbekomme ... Ich brauch echt deine Hilfe. Gib mir die richtige Idee.“

Einige Tage später stieß ich in meiner täglichen Bibellese auf Lukas 19 und las dort die Geschichte von Zachäus, dem Zöllner. Jahrelang hatte er am Zoll die Menschen betrogen und mehr Steuern verlangt, als sie eigentlich hätten bezahlen müssen. Den „Gewinn“ hatte er jeweils in die eigene Tasche gesteckt und war dadurch im Laufe der Jahre ein reicher Mann geworden. Als er Jesus kennenlernte, versprach er ihm, dass er den angerichteten Schaden wiedergutmachen und jedem, den er betrogen hatte, den vierfachen Betrag zurückerstatten würde. – *Wow!*, dachte ich, das muss ja echt ein Haufen Kohle gewesen sein, den er da zurückzugeben hatte. Wenn er einige Jahre am Zoll gearbeitet hatte, musste er vermutlich zu sehr vielen Leuten gehen, seinen Betrug zugeben und sich dafür entschuldigen. Das war sicher ganz schön hart für ihn! Er konnte ja schließlich auch nicht wissen, ob die Menschen ihm vergeben oder ihn anzeigen würden. Vielleicht kam er sogar ins Gefängnis ...

Plötzlich traf mich die Erkenntnis wie ein Blitz: Die Geschichte hatte ganz schön viel mit mir zu tun! Ich war auch eine Betrügerin – auch wenn es bei mir nur um eine „läppische" Mark ging, um die ich jemanden betrogen hatte. Betrug war Betrug, und ich hatte die Sache in Ordnung zu bringen, wenn ich mit Jesus weitermachen wollte. „Okay, Herr", betete ich, „ich will tun, was dir gefällt, und ich glaube, dass du willst, dass ich das bekenne und wiedergutmache ..." Und plötzlich fiel mir auch ein, wie das konkret aussehen konnte: Auf den Automaten war doch sicherlich die Adresse der Firma angegeben, denen die Automaten gehörten? Ich würde einen Brief schreiben, die Sache bekennen und den entstandenen Schaden in Briefmarken beilegen. Mit Block und Stift bewaffnet machte ich mich also auf den Weg und fand tatsächlich auf den Automaten eine Adresse – ganz kleingedruckt zwar, aber doch groß genug, um sie lesen und abschreiben zu können. Ziemlich aufgeregt lief ich nach Hause. Ich wollte heute noch den Brief schreiben, um die ganze Sache endlich aus meinem Kopf zu bekommen.

Die ersten Tage, nachdem ich den Brief in den Kasten geworfen hatte, war ich total nervös. In Gedanken malte ich mir alles Mögliche aus, wie die Automaten-Firma auf meine Beichte reagieren und was als Antwort kommen würde ... Ich hatte dem Geschäftsführer ehrlich geschrieben, was vorgefallen war und ihm mitgeteilt, dass es mir leidtat, dass ich ihn betrogen hatte. Auch, dass ich Christ war und mein Leben Jesus gegeben hatte, verschwieg ich nicht, denn das war schließlich der Grund, warum es mir so wichtig war, die Sache in Ordnung zu bringen. Jeden Tag, wenn ich aus der Schule kam, fragte ich als Erstes, ob Post für mich gekommen war, da ich damit rechnete, dass die Antwort des Geschäftsführers auf schriftlichem Weg erfolgen würde. Doch ich sollte mich irren.

„Hallo, guten Tag. Ist dort die junge Dame, die mir in einem Brief geschrieben hat, dass sie Falschgeld in einen Automaten gesteckt hat?“

Einige Wochen waren ins Land gezogen, als eines Nachmittags mein Vater rief: „Telefon für dich, da ist ein Herr Sowieso, der dich sprechen möchte.“

Ich hatte keine Ahnung, wer Herr „Sowieso“ war und nahm gespannt den Hörer entgegen. „Ja, hallo?“

„Hallo, guten Tag. Ist dort die junge Dame, die mir in einem Brief geschrieben hat, dass sie Falschgeld in einen Automaten gesteckt hat?“

Mir wurde heiß und kalt gleichzeitig. „Ja, d-d-d-das ist richtig, das b-b-bin ich“, stammelte ich leise und machte mich auf ein Donnerwetter gefasst.

Doch der Mann sprach ruhig weiter: „Es freut mich, dass ich dich persönlich erreiche – sag mal, wissen eigentlich deine Eltern von der ganzen Sache und deinem Brief?“

„N-n-n-ein“, antwortete ich aufgeregt, „das weiß niemand.“

„Dann hast du das also nicht geschrieben, weil jemand

dir gesagt hat, dass du das tun sollst?", fragte der Mann etwas verdutzt.

„Na ja", antwortete ich ein wenig zögerlich, „Jesus hat es mir gesagt." Ich wusste selbst nicht, woher ich den Mut dafür bekam, aber ich hatte das gerade wirklich gesagt. „Ich habe Ihnen doch geschrieben, dass ich ihm mein Leben gegeben habe und deshalb nicht betrügen will."

In der Leitung war es für einen Moment still, dann sagte der Mann: „Weißt du, ich bin schon viele Jahre Geschäftsführer in dieser Firma, aber so etwas ist mir noch nicht passiert. Wir haben einige tausend D-Mark an Falschgeld pro Jahr in unseren Automaten, aber noch niemals hat sich jemand dafür entschuldigt oder irgendetwas wiedergutgemacht – schon gar nicht, wenn es sich um einen solch geringen Betrag gehandelt hat, wie in deinem Fall. Da wollte ich einfach nochmal genauer nachfragen, und dir dafür danken, dass du geschrieben hast. Ich wünschte, es gäbe mehr solcher Leute wie dich."

„Ist das dann jetzt geklärt?", fragte ich vorsichtig, „oder zeigen Sie mich jetzt an?"

Der Mann lachte. „Nein, wir zeigen dich nicht an – nicht wegen einer Mark, und schon gar nicht, wenn du dich freiwillig meldest. Die Sache ist vom Tisch und du musst dir keine Sorgen machen."

„Vielen Dank!", erwiderte ich erleichtert, „jetzt bin ich aber wirklich froh."

„Ich danke dir, dass du mich zum Nachdenken gebracht hast", sagte der Mann. „Bleib auf deinem Weg, es ist ein guter. Auf Wiederhören."

„Tschüss", antwortete ich glücklich und legte auf.

Das Armband hab ich übrigens nie getragen ...

Inge Frantzen, 45

Ich hätte gern ein Wunder

Es passierte an einem Abend. Innerhalb von Sekunden begann meine Lippe zu kribbeln, dann bildete sich ein harter Knubbel unter der Haut und schwoll auf Erbsengröße an. Ich sah aus, als hätte ich mich mit dem Nachbarsjungen geprügelt und offensichtlich verloren ... Doch leider gab es keinen so nachvollziehbaren Grund für mein Problem. Und was in diesen paar Zeilen mehr wie eine kleine Lappalie klingt, war für mich tatsächlich ein Problem. Denn es blieb nicht bei einem Mal, sondern geschah immer öfter. In immer kürzer werdenden Abständen – anfangs ungefähr einmal im Monat und nach einer Weile sogar mehrfach in einer Woche – hatte ich diese „dicke Lippe". Immer begann es am Abend, immer passierte es innerhalb von Sekunden, immer bildete es sich im Laufe des nächsten Vormittags wieder zurück – und immer war es mir oberpeinlich, weil ich mich total entstellt fühlte (mit meinem Selbstbewusstsein war es leider nicht weit her ...). Darum musste ich auch immer wieder Verabredungen absagen, weil ich mich einfach nicht traute, mit einer solchen „Beule" unter Leute zu gehen und auf blöde Blicke und komische Fragen zu reagieren.

Da sich mein „Problem" glücklicherweise – aber andererseits auch blöderweise – über Nacht immer wieder löste, konnte ich nicht zum Arzt gehen und ihm meine Lippe zeigen. Und für einen Notdienst schien mir die Angelegenheit bei Weitem nicht wichtig genug. Stattdessen hörte meine Mutter sich ein bisschen um, ob jemand schon einmal von so einem Phänomen gehört habe. Ihre Neuigkeiten waren nicht sehr aufbauend: Die infrage kommenden Diagnosen reichten bis hin zu rheumatischem Fieber. Wie fachmännisch diese und andere Auskünfte von Freundinnen, Kolleginnen und Nachbarn wirklich waren, interessierte mich zu diesem Zeitpunkt nicht. Sie machten mir einfach nur Angst und heizten meine Fantasie an. Ich sah mich schon mit 20 im Rollstuhl sitzen ...

Weil mir die ganze Angelegenheit unheimlich und irgendwie auch peinlich war, sprach ich nur mit einer einzigen Freundin darüber – und die hatte nichts Besseres zu tun, als mich danach ständig zu fragen, ob ich mal wieder eine dicke Lippe riskiert hätte. Das hatte zur Folge, dass ich mich keinem weiteren Menschen anvertraute.

Da ich zu der Zeit – ich war gerade 14 – schon Christ war, betete ich oft für mein Problem, und bat Gott, dass es einfach nicht noch einmal auftaucht. Aber er erhörte mein Gebet anscheinend nicht. Meine „dicke Lippe" kam immer wieder. Nun fühlte ich mich völlig auf mich alleingestellt und unverstanden.

Über Silvester fuhr ich dann mit ein paar Freunden auf eine Freizeit. An einem Abend boten uns die Mitarbeiter an, für uns zu beten. Sie luden uns ein, mit jeder Sorge, jedem Problem und jeder Frage zu ihnen zu kommen. Erst wollte ich dieses Angebot auf keinen Fall in Anspruch nehmen, denn erstens hatte ich ja schon viele Male wegen meines Problems gebetet und nichts hatte sich geändert, und zweitens hätte ich dann ja einem der Mitarbeiter erzählen müssen, was mir immer wieder passierte. Doch dann nahm ich all meinen Mut zusammen, sprach den Leiter der Freizeit an und erzählte ihm von meiner Sorge. Und er nahm mich mit meiner Angst, meinen Zweifeln und meiner Mutlosigkeit wirklich ernst und betete dafür, dass Gott mich heilen und das Problem mit meiner Lippe nie wieder auftauchen soll. Das Gebet an sich war völlig unspektakulär, und auch danach durchzog mich weder ein tiefer Frieden noch eine feste Gewissheit, dass sich etwas geändert hat. Und doch wusste ich, dass es richtig gewesen war, für mich beten zu lassen, und war gespannt, wie es nun weitergehen würde.

Als ich von der Freizeit zurückgekommen war, holte mich schnell der Alltag mit Schule, Freunden und Verpflichtungen wieder ein, sodass ich anfangs noch hin und wieder, nach einiger Zeit aber gar nicht mehr an meine Lippe dachte. Erst nach einigen Wochen fiel mir auf, dass das Phänomen der „dicken Lippe" tatsächlich seit dem Abend des Gebets nicht wieder aufgetaucht war. Und dabei blieb es auch. Ich war unglaublich erleichtert, dankbar und glücklich.

Wenn ich heute an diese Geschichte zurückdenke, bleiben immer noch einige Fragen offen: Ich habe keine Ahnung, worum es sich bei dieser Sache wirklich gehandelt hat – und ob es ein medizinisch leicht zu erklärendes Phänomen war oder ob auch ein Arzt eher ratlos gewesen wäre. Ich kann auch nicht sagen, warum Gott eine ganze Weile scheinbar nicht auf meine Gebete geantwortet hat und ich erst einen Mitarbeiter auf dieser Freizeit um Hilfe bitten musste, bevor sich etwas änderte. Aber unabhängig von den Antworten auf diese Fragen steht für mich einiges bis heute fest:

Gott erhört Gebet und tut Wunder. Aber nicht immer so, wie wir es uns vorgestellt haben.

Gott erhört Gebet und tut Wunder. Nicht immer so, wie

wir es uns vorgestellt haben und wie es unserem Plan entspricht. Aber er ist lebendig, er handelt und wir werden Großes erleben, wenn wir ihm vertrauen!

Gott hat einen Zeitplan. Ich hätte mir gewünscht, dass ich ein Gebet spreche und Gott sofort handelt. Aber das war nicht so, und ich musste akzeptieren, dass das Spiel nach Gottes Regeln läuft und nicht nach meinen. Das Gute daran ist: Gott kennt sich mit diesem Leben *viiiel* besser aus als ich, und kann aus seiner Gesamtperspektive auch viel besser beurteilen, was wann gut für mich ist! Manchmal ist es nicht leicht, das zu glauben und auch danach zu leben, aber wenn ich es wage, werde ich Gottes Handeln erleben!

Gott fordert mich heraus. Ich hätte die ganze Sache gerne alleine in meinem stillen Kämmerlein geregelt. Aber es war nötig, dass ich jemanden um Hilfe bitte. Erst dadurch durfte ich lernen, dass es gar nicht schlimm ist, Hilfe in Anspruch zu nehmen, und dass Sorgen sogar kleiner werden, wenn man sie teilen kann (vorausgesetzt, der andere macht sich nicht darüber lustig ...). Außerdem ist die Sache durch das Gespräch und das Gebet mit dem Mitarbeiter für mich zu einem noch viel eindrücklicheren Wunder geworden, weil es sozusagen „Zeugen" gibt, die mir heute noch bestätigen können, was damals passiert ist.

Elena Schulte, 28

Wenn Gott Regie führt

Als ich 17 war, hatte ich zwei Träume. Ich wollte wegziehen, in eine Stadt mit Flair, in einer WG wohnen und das wahre Studentenleben kennenlernen. Und natürlich die große Liebe finden.

Mit 19 hatte ich mein Abitur in der Tasche und konnte mich für einen Studienplatz bewerben: Architektur. Am liebsten wollte ich nach Karlsruhe, das war weit weg von Zuhause und ich hatte schon einige Freunde dort. Also zitterte und wartete ich, wie die ZVS – die Zentralstelle für die Vergabe von Studienplätzen – meinen Antrag wohl bearbeiten würde. Damals war Architektur als Studienfach ziemlich beliebt und Wohnortwünsche wurden erst mal bei Leuten mit Kindern, Ehepartnern oder bei sonstigen „harten" Gründen berücksichtigt. Wenn ich ehrlich war, hatte ich keinen Plan B. Was, wenn Plan A nicht funktionieren würde?

Im Sommer blieb mir Zeit, um meine Führerscheinprüfung zu machen und mit *Operation Mobilisation* (kurz: OM) auf einen Missionseinsatz zu gehen. Doch dafür musste ich erst einmal Geld verdienen – 1.000 Mark, um genau zu sein –, und damit fing die Geschichte von Gottes unglaublichem Zeitmanagement an ...

Bei der Jobvermittlung auf dem Arbeitsamt nahm ich,

was ich kriegen konnte: vier Wochen halbtags Aushilfe in einer Krankenhausküche. Beginn in der darauffolgenden Woche, Ende direkt vor dem Einsatz. Auf dem Heimweg rechnete ich im Kopf aus, was ich in der Summe wohl verdienen würde: 12,50 Mark Stundenlohn mal 4 Stunden täglich mal 5 Tage pro Woche mal 4 Wochen ... das waren auf den Pfennig genau die 1.000 Mark, die ich brauchte!

Das mit dem Missionseinsatz und auch die Führerscheinprüfung hatten prima geklappt. Aber um mich herum machten sich die Leute Sorgen um mich. Meine Freunde fürchteten, dass ich es nicht verkraften würde, wenn ich den Studienplatz in Karlsruhe doch nicht bekäme. Meine Eltern sorgten sich, dass ich kein Zimmer finden könnte – und diese Sorge war nicht unberechtigt, denn viele Studienanfänger mieteten sich erst einmal in der Jugendherberge ein oder wurden in Turnhallen verfrachtet ... Meine Sorge aber war eine ganz andere: Was, wenn es nicht das war, was Gott für mein Leben wollte? Ansonsten hatte ich meinen prima Leitspruch, mit dem ich bis jetzt überall durchgekommen war: „Gott macht das schon!"

Meine Sorge aber war eine ganz andere: Was, wenn es nicht das war, was Gott für mein Leben wollte?

Anfang September kam dann der Bescheid von der ZVS: Ich hatte meinen Studienplatz in Architektur bekommen – in Karlsruhe! Und wie es etwas Höheres als der Zufall so wollte, fuhr zwei Tage später eine Freundin aus meinem Hauskreis von Hannover nach Karlsruhe, wo sie vor ein paar Wochen hingezogen war. Die Wohnung war gerade so weit eingerichtet, dass es möglich war, für eine Weile Besuch zu beherbergen. Ich durfte mich dort im Arbeits- und Gästezimmer einquartieren, um mir in Ruhe ein eigenes Zimmer zu suchen. Das war dann doch mühsamer und anstrengender als ich dachte: Auf jedes Zeitungsinserat hatten sich bereits fünfzehn andere beworben! Dann ging ich an einem Sonntag „zufällig" genau in die Gemeinde, in der die Ansage gemacht wurde, dass eine junge Frau eine Mitbewohnerin sucht. Ich bekam das Zimmer!

So konnte ich also beruhigt zu meinen Eltern zurückfahren und meine Sachen zusammensammeln. Die waren damals noch ziemlich überschaubar, und mir war gar nicht bewusst, dass ich für eine eigene Existenz noch etliches an Möbeln und Haushaltssachen brauchen würde. Aber da passierte wieder etwas „Zufälliges": In meiner Heimatstadt Hannover wurde just in den zehn Tagen, die mir dort blieben, die Wohnung einer Großtante aufgelöst, die ins Altersheim übersiedeln musste. Ich bin also mitgefahren – eigentlich nur zum Helfen –, doch dann wurde mir angeboten, einfach alles zu schnappen, was ich brauchen könnte: Töpfe, Besteck, Handtücher, Tisch und Stühle und sogar eine Schlafcouch.

Nun mussten die Dinge „nur" noch transportiert werden. Aber auch hierfür ergab sich eine wunderbare Lösung: An dem Wochenende kurz vor Studienbeginn zog ein befreundetes Ehepaar meiner Familie von Hannover in die Nähe von Karlsruhe. Ihr Umzug mit dem LKW wurde von der Firma des Mannes gesponsert, und so kostete es mich keinen Pfennig, meine Siebensachen in einer Ecke des Laderaumes zu verstauen – und im Fahrerhäuschen gab es sogar noch ein Plätzchen für mich!

Meinen ersten Umzug – den Start ins eigene Leben – hatte ich mit einer gehörigen Extraportion himmlischer Starthilfe geschafft. Und Gott stand mir auch in den ersten Wochen bei, in denen ich lernte, auf eigenen Füßen zu stehen. Da war ich doch tatsächlich so naiv gewesen, eine Lampe anzubringen, ohne mir Gedanken darüber zu machen, ob auf der Leitung noch Strom floss! Als ich schon auf der Leiter stand und den Schraubenzieher zückte, steckte der Freund meiner Mitbewohnerin den Kopf zur Tür herein und fragte in seiner etwas akribisch-lehrmeisterhaften Art, die mich sonst oft genervt hat, ob ich sicher sei, dass der Schalter aus ist. Ich war es natürlich nicht, woraufhin er mit seinem Spannungsmessgerät (eine sehr nützliche Erfindung, die ich bei der Gelegenheit kennenlernte) schnell herausfand, dass noch Strom auf der Leitung war. Ich hätte tot sein können! Vor den Folgen meiner Schusseligkeit wurde ich auch bewahrt, als ich auf dem Einwohnermeldeamt plötzlich meinen Personalausweis nicht finden konnte. Oh, den hatte ich wohl auf der Bank liegenlassen, auf der ich vorher mein Konto eröffnet hatte! Aber dort warteten meine Papiere wohlbehalten darauf, dass ich sie abholen komme.

Mittlerweile (und sieben Umzüge später) weiß ich, was beim Umziehen alles schiefgehen kann und wie viel Geld man in Einrichtungsläden und bei Autovermietungen lassen kann. Im Rückblick staune ich umso mehr, wie Gott mich damals durch alle Irrungen und Wirrungen auf Händen getragen hat – auch, wenn ich trotzdem eine Menge Schrammen abbekommen habe: Das Studium entpuppte sich nämlich bald als Albtraum, den ich nach dem zweiten Semester beendete; in der WG haben wir uns nicht gut verstanden; in meiner Naivität bin ich noch in so manches Fettnäpfchen getreten und mit der großen Liebe hat es auch nicht geklappt. Aber mein Vater im Himmel ist treu an meiner Seite gewesen, hat mich diesen Umweg gehen lassen und war in seiner Gnade ein perfekter Versorger für mich.

Übrigens: Neulich bin ich wieder umgezogen. Heute weiß ich, wie anstrengend so eine Aktion sein kann, besonders, wenn man weder viel Kraft noch Geld hat. Aber ich habe mich daran erinnert, dass Gott mir damals, als ich 19 war, schon so klar gezeigt hat, dass es wirklich stimmt, was in 1. Petrus 5,7 steht: „Alle Sorge werft auf ihn, denn er sorgt für euch."

Frauke Bielefeldt, 37

Ein Gott,

der eingreift

„Er hat mich errettet und mir geholfen,
ich vertraue ihm und habe keine Angst.
Der Herr allein gibt mir Kraft.“

Jesaja 12,2

Die unauslöschliche Bremsspur

Genau fünfzehn Minuten nach sieben hüpfte ich die Treppe hinunter und klingelte bei meiner besten Freundin, die im gleichen Haus im Obergeschoss wohnte. Julia war zwei Jahre älter als ich, nämlich schon 14, und ging in die Parallelklasse. Der Schulunterricht begann eigentlich immer zur gleichen Zeit, und so fuhren wir immer gemeinsam zur Schule, im Herbst und Winter mit dem Schulbus, im Frühling und Sommer mit dem Fahrrad.

Sekunden später hörte ich über die Sprechanlage die Stimme ihrer Mutter. Sie rief mir zu, dass Julia gleich käme, die natürlich – wie immer – noch nicht fertig war. *Typisch*, dachte ich, *erst zu spät aufstehen, dann trotzdem stundenlang im Bad verbringen, nicht zur verabredeten Zeit auf der Matte stehen und nachher im Schneckentempo zur Schule fahren wollen.* Und das ausgerechnet heute, wo in der ersten Stunde ein Mathetest angesagt war! Ich blickte ungeduldig auf meine Armbanduhr: zwanzig nach sieben. *Wenn sie jetzt nicht kommt, fahre ich alleine los.*

Kaum war mir der Gedanke gekommen, da vernahm ich schon ihre Schritte auf der Treppe, dann ging die Tür auf und sie kam auf mich zu. Ich gab ihr keine Gelegenheit, mich zu begrüßen. „Los, mach schon, wir kommen zu spät“, sagte ich.

Doch Julia blieb ganz unbeirrt: „Hallo erst mal! Und mach keinen Stress, das schaffen wir noch locker."

„Ja klar, wie immer", gab ich zurück, während wir unsere Fahrräder bestiegen. „Und ins Klassenzimmer müssen wir dann rennen, um es noch vor dem Gong zu schaffen." Wir wohnten in einem Dorf, das ungefähr sechs Kilometer von der Schule entfernt lag; da brauchten wir schon 20 Minuten. Pünktlich 7.45 Uhr ging der Unterricht los.

Ich gab Gas, worauf sich Julia beschwerte, ich sei viel zu schnell. Also fuhr ich etwas langsamer, aber immer noch schnell genug, sodass ich sie ungefähr eine Fahrradlänge hinter mir ließ und sie sich die ganze Zeit anstrengen musste, mich einzuholen. Mit diesem Trick erreichte ich, dass sie ein wenig schneller als gewöhnlich fuhr.

Wir fuhren auf einem Feldweg, der parallel zur Schnellstraße lag. Dann kamen wir an die Stelle, an der wir die Straße überqueren mussten, was nicht ungefährlich war. Eigentlich sollten wir, wie unsere Eltern uns nahelegten, lieber einen Umweg in Kauf nehmen, um eben nicht hier über die Straße fahren zu müssen, aber wir hatten es wie immer eilig. An der Schnellstraße hielten wir stets an, schauten uns um und fuhren dann schnell hinüber, denn es dauerte nie lange, bis das nächste Auto in Sicht war. Ich stoppte also, blickte nach links, nach rechts und schließlich nochmals nach links, sah weit und breit kein Fahrzeug und trat in die Pedale. Doch nichts tat sich, ich stand praktisch auf den Pedalen und kam einfach nicht vorwärts. Ich versuchte es mit etwas mehr Kraft und kam ein paar Zentimeter vorwärts, doch dann blieb mein Fahrrad wiederholt stehen. In meinem Kopf wirbelten die Gedanken durcheinander. Stimmte denn mit meinem Fahrrad etwas nicht? Oder hatte ich einfach nicht genug Schwung? Also stieg ich ab und wollte es mit erneutem Schwung versuchen. Zu diesem Zeitpunkt ragte mein Vorderrad ungefähr 30 Zentimeter auf die Straße. Da wurde ganz plötzlich, verursacht durch einen heftigen Windstoß und begleitet von einem ohrenbetäubenden Lärm, der von einem wie aus dem Nichts erschienenen LKW stammte, das Vorderrad meines Fahrrades zur rechten Seite weggedrückt. Ich erschrak zutiefst und war noch ganz benommen, als der LKW mit quietschenden Reifen und eine lange Bremsspur hinterlassend zum Stehen kam. Der Fahrer sprang aus seinem Fahrzeug und kam auf mich zugeeilt. Ich zitterte am ganzen Leib und kann mich noch gut daran erinnern, wie mir flüchtig der Gedanke kam: *Jetzt wirst du gleich ein paar unfreundliche oder zornige Worte zu hören bekommen!* Doch nichts dergleichen geschah. Stattdessen fragte mich der besorgte Fahrer mit russischem Akzent: „Ist dir etwas passiert? Ich habe schon gedacht, dass ich dich überfahren habe. Alles in Ordnung?“ Ich stand noch ziemlich unter Schock und beteuerte ihm nur, es wäre alles okay, doch er war nicht so ganz überzeugt davon, nahm mein Rad und schob es über die Straße in Richtung Feldweg. Dann nahm er mich am Arm und brachte mich sicher zur anderen Straßenseite. Danach erkundigte er sich nochmals nach meinem Wohlbefinden, woraufhin Julia ihm versicherte, sie werde sich schon um mich kümmern. Der LKW-Fahrer verabschiedete sich daraufhin von uns und fuhr weiter.

Da wurde ganz plötzlich, verursacht durch einen heftigen Windstoß und begleitet von einem ohrenbetäubenden Lärm, der von einem wie aus dem Nichts erschienenen LKW stammte, das Vorderrad meines Fahrrades zur rechten Seite weggedrückt.

Als wir wieder alleine waren, fragte mich Julia: „Willst du nicht lieber zurück nach Hause und die Schule heute bleiben lassen?“ Mir schwirrte immer noch der Kopf von dem, was gerade passiert war. Innerhalb von Sekunden waren mir zahllose Gedanken gekommen, doch jetzt hieß es, keine Zeit zu verlieren, wir mussten zur Schule, und zwar schnellstens. Auf keinen Fall durfte ich die Mathearbeit verpassen, für die ich so gelernt hatte! Ich schüttelte den Kopf und antwortete: „Nein, ich muss unbedingt zur Schule, du weißt doch, ich stehe in Mathe auf der Kippe, außerdem ist ja nichts passiert. Lass uns weiterfahren." Julia schien nicht sehr überzeugt zu sein, denn ich zitterte immer noch ein wenig. Sie sah mich zweifelnd an, doch da fuhr ich schon los, und sie folgte mir nachdenklich. Nach einer Weile fragte sie mich: „Alona, hast du den Lastwagen nicht kommen sehen?"

„Nein, ich habe gesehen, dass die Straße frei ist", sagte ich.

„Komisch, ich habe mich voll erschrocken, als du losfahren wolltest, obwohl du ja nachgeguckt hast, ob ein Auto kommt. Und dann habe ich geschrien, dass du stehen bleiben sollst."

„Was? Ich habe nichts gehört! Ich wollte losfahren, aber es ging nicht. Es war ganz komisch, so, als ob jemand mein Rad festhalten würde. Und plötzlich fährt der LKW an mir vorbei. Du hast wirklich gerufen?"

„Ja! Und ich hatte schon befürchtet, dass du unter die Räder kommst. Hast du die lange Bremsspur gesehen?"

„Ja, habe ich."

Ein paar Minuten später tauchte auch schon die Schule vor unseren Augen auf. Eilig schlossen wir unsere Fahrräder an. Wir waren gerade noch rechtzeitig angekommen. „Also mach's gut, wir sehen uns dann später, gell?!"

„Ja, bis dann. Und danke!", rief ich ihr hinterher, bevor ich zum Klassenzimmer eilte.

Drei Jahre später

Ich saß auf der Couch und las gerade einen christlichen Roman. Zwar hatte ich das Buch gar nicht lesen wollen, aber mir blieb sozusagen nichts anderes übrig. Am Vormittag war meine Oma kurz bei uns vorbeigekommen, was sie öfters tat. Sie brachte dann meistens etwas mit, Selbstgebackenes oder Süßigkeiten. An diesem Tag bekam ich jedoch einen dicken Wälzer. Ich überflog kurz die Inhaltsangabe und machte nicht gerade ein begeistertes Gesicht, doch meine Oma sagte: „Beginne einfach zu lesen, du wirst schon sehen, du legst das Buch nicht so schnell aus der Hand!"

Daran zweifelte ich zwar, doch da ich an diesem Tag keine anderen Pläne hatte und mich langweilte, begann ich schließlich zu lesen. Es war tatsächlich so, wie meine Oma es vorhergesagt hatte! Ich unterbrach das Lesen nur kurz zum Essen, und so war ich am Abend immer noch in den Roman vertieft. Schließlich kam ich an eine Stelle, an der eine junge Frau zum Glauben an Gott fand. Im Grunde wurde in dem Buch ganz schlicht beschrieben, was Jesus für uns getan hatte, dass er für uns am Kreuz gestorben ist; etwas, das ich schon tausendmal im Gottesdienst und in der Kinderstunde gehört hatte. Doch dieses Mal war es anders. Mein Herz wurde tief berührt, und zum ersten Mal verstand ich wirklich, was das bedeutete, nämlich: dass ich verschont wurde, dass eigentlich ich die Strafe verdient hätte. Jetzt erkannte ich, wie sehr Jesus mich liebt und was er für ein Opfer gebracht hatte. Es war eben nicht selbstverständlich, dass er das für mich getan hat. Mir liefen die Tränen in Strömen die Wangen hinunter und ich fiel auf die Knie. Ich bat Jesus um Vergebung, dankte ihm für seine unendliche Liebe – dass er mich nicht vergessen hatte, obwohl ich ihn all die Jahre links liegen gelassen hatte, und vertraute ihm mein Leben an. Dann bat ich ihn, in mein Herz zu kommen und wurde erfüllt von einem tiefen Frieden und grenzenloser Freude. Meine Gedanken wanderten zurück zu meinem Erlebnis mit dem LKW. Mir war eines ganz klar geworden: Gott existierte und er war mächtig – er hatte auf meine unausgesprochene Frage reagiert. Ich hatte nämlich zum Zeitpunkt meines Beinahe-Unfalls an seiner Existenz gezweifelt und mir die Frage gestellt: Woher sollte denn Gott, der die Erde erschaffen hat, kommen? Aus dem Nichts? Und Gott hat mir mit einem Wunder geantwortet. Erst hatte er mir die Augen verschlossen, sodass ich den LKW nicht kommen sah, und meine Ohren, damit ich meine Freundin nicht hören konnte, die mich warnte. Und dann hatte er mich davor bewahrt, unter die Räder zu kommen. Unmittelbar nach diesem Ereignis dankte ich Gott zwar von Herzen für seine Bewahrung, seine Liebe zu mir erkannte ich zu diesem Zeitpunkt jedoch noch nicht. Aber er hatte sein Werk an mir begonnen und ließ mich nicht mehr los. Drei Jahre später, an dem Tag, an dem ich aus Langeweile in dem Roman las, hat er zu mir gesprochen und mein Herz angerührt. Endlich hatte mein Leben einen tiefen Sinn bekommen. Ich habe diesen Schritt nie bereut!

Alona Kubitza, 23

Prüfungsblackout

„Das kann doch nicht wahr sein! Bitte nicht heute, hier und jetzt! Bitte nicht!" Verzweifelt starrte ich auf das leere Blatt Papier vor mir. Ich saß in der Deutschprüfung und hatte keine Ahnung, wie ich diesen komischen Text interpretieren sollte. Schon vor Wochen hatte ich mich innerlich dafür entschieden, von den drei zur Auswahl stehenden Themen die Interpretationsaufgabe zu nehmen. In Erörterungen war ich nun mal nicht so gut. Es waren jetzt schon einige Minuten vergangen und ich hatte noch immer einen leeren Kopf.

Wie bereits in der vorangegangenen Prüfung war ich auch diesmal völlig ruhig zur Schule gefahren. Während ich auf dem Fahrrad saß, hatte ich zudem noch Zeit, um mich ein letztes Mal vorzubereiten. Ohne Anzeichen irgendwelcher Nervosität setzte ich mich auf den mir zugewiesenen Platz. Selbst beim ersten Durchlesen des Textes blieb ich ruhig wie noch nie bei einer wichtigen Arbeit. Und das hier war auch noch die Abschlussprüfung!

Dieser innere Frieden, diese Ruhe, das war wirklich ein Geschenk, für welches ich sehr dankbar war. Ich wusste, dass in diesem Moment meine Familie und Freunde an mich dachten und für mich beteten.

Aber jetzt fiel mir absolut nichts ein.

Der Begriff „Freiheitspost" hatte keinerlei Auswirkungen auf meine Fantasie und die Überlegung, worum es in diesem Text gehen könnte. Während ich nun Wort für Wort gründlicher durchlas, wurde mir mehr und mehr bewusst, wie wenig ich verstand. Ich hatte keinen blassen Schimmer, wie dieser Text zu interpretieren war. Dennoch las ich bis zum Ende, dachte nochmals über das Gelesene nach und begann noch ein weiteres Mal mit dem Lesen. Schließlich war ich so unsicher, dass ich mir überlegte, doch noch mit einer Erörterung anzufangen.

Wie sollte ich es bloß schaffen, den Sinn dieses Textes herauszuarbeiten, wenn ich nichts verstand? Und wie sollte ich auch nur annähernd eine 1,0 schreiben, um eine bessere Note im Abschlusszeugnis zu bekommen?

In meinem Kopf herrschte das absolute Chaos. Ich spürte, wie mein Gesicht rot anlief, ich zu schwitzen begann und mein Herz immer schneller schlug.

Der Prüfungslehrer beobachtete mich mit strengem Blick. Klar, es kam sicher nicht oft vor, dass eine Schülerin in ihrer Abschlussprüfung mit hochrotem Kopf immer wieder in die Luft starrte, um sich dann wieder über ein leeres Blatt zu beugen.

Also, sagte ich zu mir, *denke noch einmal gründlich über den Text nach, lies ihn und versuche, doch noch etwas herauszubekommen.* Ich wusste, dass ich es eigentlich konnte. Doch warum klappte es gerade heute nicht? Am liebsten hätte ich mich selbst geschlagen wegen meiner Naivität, ich könnte ohne große Vorbereitung in diese Prüfung gehen.

„Jesus, bitte hilf mir!"

Plötzlich fiel mir ein, dass ich ja auch noch eine Inhaltsangabe machen musste. Eine Zusammenfassung des Textes konnte ich auch ohne weiteres Verständnis schreiben.

Erleichtert über diesen Gedanken begann ich nun mit zitternden Händen das Wichtigste auf mein Schmierpapier zu kritzeln. Es war erstaunlich einfach und ich kam gut voran. Schließlich las ich mir mein „Werk“ nochmals durch und schrieb es dann ins Reine. Durch diesen Schritt wurde ich wieder um einiges ruhiger. Dennoch wusste ich nicht, wie ich nun weiter vorgehen sollte. Der Hauptpunkt fehlte mir noch immer! *Wie kannst du nur so blöd sein und den Text nicht verstehen? Jetzt streng dich gefälligst an, es ist deine Abschlussprüfung, Malindi!* Wütend über mich selbst las ich ein letztes Mal den Text von vorn bis hinten durch.

‚Wie kannst du nur so blöd sein und den Text nicht verstehen? Jetzt streng dich gefälligst an, es ist deine Abschlussprüfung!‘

Nach einem weiteren Hilferuf zu Gott begann ich dann, meine Gedanken zum Text aufzuschreiben. Mit der Zeit wurden aus Stichpunkten ganze Sätze und bald wurde auch daraus ein zusammenhängender Text. Nach und nach entwickelte sich aus meinen Gedanken eine Interpretation. Während ich schrieb, verstand ich diesen Text mehr und mehr.

Irgendwann legte ich, um einiges erleichtert, den Füller zur Seite und schloss für einen kurzen Moment die Augen. „Danke Jesus, vielen Dank. Jetzt komme ich voran!“ Die Uhr zeigte mir, dass ich trotz meines verzögerten Beginns gut in der Zeit lag. Ich war mir sicher, dass ich locker fertig werden würde.

Also begann ich, mein Konzept ins Reine zu schreiben. Wie immer nahm ich einige Änderungen vor und fügte Verschiedenes hinzu. Nun fehlte mir nur noch der Schluss. Jetzt musste ich nicht mehr lange überlegen. Im letzten Augenblick fiel mir auch noch eine passende Überschrift ein.

Als ich dann den letzten Satz schrieb, wurde mein Herz

mit jedem Wort leichter. Nur noch der Schlusspunkt und ... voller Freude ließ ich den Füller fallen. Ja, ich hatte es geschafft! Am liebsten wäre ich im Klassenraum umhergesprungen.

Zwar war ich mir sicher, dass diese Interpretation nicht so gut geworden war, wie ich es mir erwünscht hatte, doch immerhin war etwas zustande gekommen. Das abschließende Durchlesen und Verbessern meines sechs Seiten langen Textes kam mir vor wie ein Kinderspiel. Langsam schob ich alle Blätter zusammen, überprüfte, ob auf allen Seiten mein Name notiert war, und gab dann ab.

Drei Wochen später wartete ich gemeinsam mit meinen Klassenkameraden gespannt darauf, dass unsere Deutsch- und Französischlehrerin das Klassenzimmer betrat. Viele Noten waren uns schon bekannt gegeben worden, doch durch eine Erkrankung unserer Lehrerin mussten wir bis jetzt auf die Ergebnisse der Deutschprüfung warten. Frau S. kam wie immer mit langsamen Schritten herein, stellte ihre Tasche ab, sah uns an, zog leicht ächzend ihren Stuhl heran und setzte sich, um gleich wieder aufzustehen. „Ich habe eure Französischnoten noch nicht ausgerechnet, darum müsst ihr jetzt alle still sein, damit ich das noch schnell erledigen kann!"

Ein Stöhnen ging durch die Reihen. „Können Sie uns nicht erst die Deutschnoten sagen, bitte?" Den erstaunten und leicht genervten Gesichtsausdruck unserer Lehrerin kannten wir gut genug, um zu wissen, dass sie gleich einen Wutanfall bekommen würde. Dennoch versuchte sie uns ruhig zu erklären, dass nicht sie uns die Noten bekanntgeben würde, sondern unser Klassenlehrer. Stirnrunzelnd sahen wir uns an. „Die anderen Lehrer haben uns aber auch alle selbst die Noten mitgeteilt?!"

Nach einem langen Vortrag ihrerseits gab sie uns dann,

wieder in ruhigerem Tonfall, zu verstehen, dass sie uns die Noten nun wohl auch sagen könnte.

Es wurde still im Klassenzimmer. Frau S. holte die Liste hervor, setzte die Brille auf und las dann schließlich mit strengem Blick die Ergebnisse vor.

Je weiter sie vorlas, desto nervöser wurde ich. *Hoffentlich habe ich trotz allem eine ordentliche Note! Ganz so schlecht kann es ja nicht geworden sein, immerhin habe ich einiges geschrieben und letztendlich auch den Sinn des Textes verstanden.* „Malindi!" Unsicher sah ich hoch. Sie grinste. *Okay, das hieß dann wohl etwas Gutes.* Mein Herz raste wie wild und meine Hände wurden feucht. Frau S. strahlte mich sekundenlang an, ohne mir die Note zu verraten. Schließlich hob ich unwissend die Hände und starrte fragend in ihr Gesicht. Und dann platzte es aus ihr heraus: „Eine 1,0!"

Erstaunt machte ich den Mund auf und wieder zu. Eine glatte Eins! Genau das, was ich erhofft hatte! Ich hatte es also geschafft, auch wenn es mir unmöglich erschien.

Mir war, als würde ich auf Wolken schweben, als ich das Lob meiner Lehrerin und den Applaus meiner Mitschüler wahrnahm. Als ich auf dem Heimweg kräftig in die Pedale trat und noch einmal an diesen glücklichen Moment dachte, fing ich an zu singen. „Danke Jesus, das ist echt das Beste, was mir passieren konnte! Vielen Dank, ohne dich hätte ich das nicht geschafft!"

Malindi Lohse, 18

Gott macht keine Fehler

Es geschah an einem sonnigen Sommertag. Die Blätter bewegten sich im Wind fröhlich hin und her, und ihr lautes Rauschen erfüllte den grünen Mischwald, in dem meine jüngere Schwester und ich gerade unterwegs waren. Damals war ich etwa zwölf Jahre alt, wild, auf Abenteuer aus und eigentlich mehr ein Junge als ein Mädchen.

Ich liebte es, über hohe Hecken, Mauern und Zäune zu springen, durch Bäche und Flüsse zu laufen, den schnellsten Weg durch enge Tunnel zu finden und in der Dunkelheit auf Erkundungstour zu gehen. Keine blauen Flecken, Schrammen oder offene Knie hielten mich davon ab. Ich fuhr kilometerweit Fahrrad, ohne die Hände am Lenker zu haben, raste mit dem Skateboard steile Abhänge hinunter, um kopfüber in einem Acker zu landen oder gegen Müllcontainer zu knallen.

An diesem wunderschönen Sommertag war ich mit meiner Schwester wieder einmal in den Wäldern bei Überlingen am Bodensee unterwegs. Wir stromerten durch die uns vertrauten Waldgebiete, versteckten uns vor den Touristen und freuten uns darüber, so viele Freiheiten von unseren Eltern erhalten zu haben und uns richtig frei und ungebunden fühlen zu dürfen.

An diesem Tag wollte ich endlich einen der höchsten

Bäume bezwingen. Ein paar Mal hatte ich es schon versucht, doch immer vergebens. Ich weiß bis heute nicht, was für ein Baum es war. Aber er war groß, hatte einen glatten, schlanken Stamm und lud geradezu zum Klettern ein. Wir hatten ein Seil dabei, um die große Höhe bis zu den untersten Ästen zu bewältigen.

Begeistert und zugleich aufgeregt schaute ich in das grüne Blätterdach. Wie herrlich würde es sein, von dort oben über die anderen Wipfel hinweg auf den funkelnden, von Segelbooten geschmückten See schauen zu können! Kurzerhand knotete ich in das mitgebrachte Seglertau eine Schlaufe. Anschließend versuchte ich, das Seil über einen der untersten dicken Äste zu werfen. Immer wieder fiel es zurück auf den mit Moos bedeckten Waldboden. Nach einigen erfolglosen Versuchen schaffte ich es schließlich doch, und das andere Ende des Seils glitt an dem glatten, grauen Stamm wieder zu mir nach unten, sodass ich nun beide Tauenden in den Händen halten konnte. Soweit war das Unternehmen schon mal ein Erfolg gewesen, dachte ich voller Stolz und Freude.

Ich stieg mit einem Fuß in die Schlaufe und reichte das andere Ende des Seils meiner Schwester, die zart und klein und bei weitem nicht so ein Haudegen wie ich war. Aber ich traute ihr viel zu. Sie wusste, was sie zu tun hatte, denn immerhin unternahmen wir eine solche Besteigung ja nicht das erste Mal.

Meine Schwester begann also, am Seil zu ziehen, während ich mich mit meinem freien Bein am Baumstamm abstützte und mit meinen Händen ebenfalls an dem Seil zog, sodass ich recht zügig immer weiter nach oben kam. Es war ein tolles Gefühl, sich auf diese Weise nach oben zu arbeiten und endlich den glatten Stamm überwinden zu können, der sich bisher immer hartnäckig gegen meine

Kletterversuche zur Wehr gesetzt hatte. Und das, obwohl ich wie ein Affe durch die Bäume klettern konnte!

Fast hatte ich den Ast erreicht, über den ich das Seil geworfen hatte. Er war direkt über meinem Kopf und schien kräftig genug, um mich zu halten und mir das weitere Emporklettern zu ermöglichen.

Was dann passierte, weiß ich bis heute nicht so genau.

Das Einzige, woran ich mich erinnern kann, ist, dass ich zerkratzt und zerstochen in dornigem Gestrüpp lag und meine Schwester ziemlich aufgeschreckt meinen Namen rief.

Noch heute beteuert sie, ich sei einige Zeit bewusstlos gewesen, doch davon weiß ich natürlich nichts. Schließlich rappelte ich mich wieder auf. Weh tat mir eigentlich nichts, nur Arme und Beine hatte ich mir etwas zerkratzt. Es ging mir gut, und deshalb sind wir nach diesem Erlebnis auch nicht sofort zurück zu unserem Wohnwagen auf dem Campingplatz gegangen, sondern haben unsere Streifzüge fortgesetzt.

Meine Eltern haben von diesem Sturz jahrelang nichts erfahren. Ich bin ja oft genug zerkratzt und verbeult nach Hause gekommen, es bestand also kein Anlass, irgendwelche tiefergehenden Fragen zu stellen. Meine Schwester und ich haben meinen Sturz aus etwa fünf Metern Höhe einfach verschwiegen. Und ich habe ihn irgendwann vergessen.

Mit 16 Jahren – ich war kaum vernünftiger geworden – trat Jesus in mein Leben und krempelte es gewaltig um. Meine ganze Energie, die ich früher dazu verwendet hatte, meine Grenzen auszutesten und die verrücktesten Dinge zu unternehmen, setzte ich nun für ihn ein. Es gab keine Zeltevangelisation in der Nähe, auf der ich nicht dabei war, keine Jugendveranstaltung, bei der ich nicht mitarbeitete.

Ich moderierte eine recht große Jugendveranstaltung, leitete mit gerade mal 16 Jahren einen Jugendkreis für frisch Konfirmierte, und überlegte bei alldem nie, ob ich da nicht an meine Grenzen stoßen würde. Ich tat es einfach, weil ich den Wunsch hatte, es zu tun. Die Liebe zu Jesus trieb mich dazu an.

Mit 19 Jahren zog ich nach Stuttgart, um dort eine Ausbildung zur Altenpflegerin anzufangen. Ich hatte meinem vorherigen Leben, das neben Ausbildung, Schule und Familie eigentlich nur meinen Freunden aus dem Evangelischen Jugendwerk gehörte, den Rücken zugekehrt. In den drei Jahren Ausbildungszeit habe ich nie Anschluss an einen kirchlichen Kreis gefunden, und allmählich wurde mein Christsein Routine, der ich nicht mehr sehr viel Aufmerksamkeit schenkte. Es gab kaum noch Berührungspunkte mit anderen Christen; der Wunsch, von Jesus zu erzählen, schlief ein – und mein Glaube gleich mit. Dadurch wurde auch die Beziehung zu meinem Freund, meinem jetzigen Ehemann, auf eine harte Probe gestellt.

Und dann ging es los: Rückenschmerzen. Bei dem Beruf der Altenpflegerin ist das natürlich nichts Ungewöhnliches, doch als die Schmerzen immer schlimmer wurden und irgendwann in alle möglichen Richtungen meines Körpers ausstrahlten, musste ich mich bei einem Orthopäden untersuchen lassen, zumal damals schon Erkrankungen wie Brustkrebs und Rheuma ausgeschlossen worden waren.

Der Orthopäde röntgte meine Wirbelsäule und zeigte mir dann auf der fertigen Aufnahme meinen achten Brustwirbel. Er hat die Form eines Schmetterlings, eigentlich hübsch anzusehen, nur ist das vollkommen untypisch.

Er fragte mich, ob ich einmal einen Unfall gehabt hätte, was ich verneinte. Und das stimmte ja auch. Ich hatte noch nie einen schlimmen Unfall erlitten, weder mit dem Fahrrad, noch mit dem Auto; und auch sonst fiel mir nichts ein, was einem Unfall gleichkam.

Der Kommentar des Arztes lautete: „Dann hat der liebe Gott da wohl einen Fehler gemacht! Dieser Wirbel ist steif und dementsprechend haben auch die anderen Wirbel bereits kräftige Abnutzungserscheinungen."

Mich erschreckte weniger die Diagnose, sondern vielmehr der Satz: „Da hat Gott einen Fehler gemacht." Das wollte ich so nicht akzeptieren! Ich hatte doch gelernt, dass Gott keine Fehler macht?!

Ein paar Tage lang quälte ich mich mit meinen Gedanken herum, bis mir eines Nachts mein Sturz vom Baum einfiel, der mittlerweile sieben Jahre zurücklag. Ein Unfall? Natürlich!

Mich erschreckte weniger die Diagnose, sondern vielmehr der Satz: „Da hat Gott einen Fehler gemacht." Das wollte ich so nicht akzeptieren! Ich hatte doch gelernt, dass Gott keine Fehler macht?!

Erst da wurde mir bewusst, was damals passiert war! Ich war fünf Meter im freien Fall in die Tiefe gestürzt – es gibt Menschen, die so einen Sturz nicht überleben oder nur mit einer Querschnittslähmung davonkommen. Mein Glück war, dass mich ein stacheliger Dornenbusch aufgefangen und den Sturz soweit abgemildert hat, dass ich mir nur einen steifen Wirbel zugezogen hatte. Nein, Gott macht keine Fehler!

Er hat mich vor Schlimmerem bewahrt. Später durfte ich zu ihm finden, und mit 19 Jahren, als ich überhaupt nicht mehr mit der Nähe Gottes rechnete, machte er sich auf seine ganz spezielle Art wieder in meinem Leben bemerkbar. Erst da wurde mir klar, welche Bewahrung ich erfahren hatte.

Und heute? Noch immer liebe ich das Abenteuer. Sonst hätte ich keine fünf Kinder zur Welt gebracht und würde mit knapp 40 Jahren nicht anfangen zu reiten. Ja, hin und wieder macht sich mein Rücken bemerkbar, als Signal, mich ausreichend zu bewegen – und als Zeichen, die kleinen Wunder Gottes nicht zu übersehen!

Elisabeth Büchle, 40

Rettung im Meer

Es geschah im Sommerurlaub 2006 an der Ostsee. Wie so oft in diesem Urlaub, vertrieb ich mir zusammen mit meinen Geschwistern, meiner Cousine und meinem Cousin die Zeit am Meer. Gegen Abend brachen meine Eltern mit meiner Schwester und meiner Cousine auf, um in der Ferienwohnung das Abendessen vorzubereiten. Ich blieb mit meinem Bruder Simon und meinem Cousin David am mittlerweile leergewordenen Strand zurück. Da es noch ziemlich warm war, beschlossen wir, uns noch etwas im Meer abzukühlen. Die Wellen waren an diesem Tag sehr hoch und lockten uns geradezu ins Wasser.

In der Ostsee gibt es immer wieder Holzpfostenreihen, die vom Strand bis circa 20 Meter in die Ostsee reichen. Was wir nicht wussten, war, dass es unmittelbar bei den Holzpfosten Untiefen gab, weil die Wellen den Sand um die Pfosten weggespült hatten ...

Wir stürzten uns also ins Wasser und spielten in den Wellen. Dabei bemerkten wir vor lauter Begeisterung nicht, dass wir uns immer weiter vom Strand entfernten. Erst als eine riesengroße Welle über uns hinwegschwappte, stellten wir erschrocken fest, dass wir das Ufer aus den Augen verloren hatten. Schnell paddelten wir zurück an den Strand, was zunächst auch ganz gut ging. Doch die Wellen wurden immer höher und trieben uns in die Richtung der Holzpfähle. Bei jeder Welle mussten wir hochspringen, damit wir über Wasser blieben. Das war sehr anstrengend. Nach einigen Minuten zogen uns die Wellen nahe der Holzpfosten in eine Grube, die so tief war, dass wir nicht mehr auf dem Meeresboden stehen konnten. Wir bekamen kaum noch Luft, weil immer wieder die Wellen über uns zusammenschlugen. Erst jetzt wurde uns klar, in was für eine gefährliche Situation wir da geraten waren!

Wir versuchten mit aller Kraft, uns von den Holzpfählen zu entfernen. Doch jede Welle zog uns wieder zurück. Mein Bruder schaffte es schließlich, der Grube zu entkommen und schwamm schnell in Richtung Strand. Dort wartete er auf uns und hoffte, dass auch wir es schaffen würden, uns zu retten. Doch bei meinem Cousin David und mir schien es nicht zu klappen. Ich versuchte immer wieder, mich an den Holzpfählen abzustoßen. Nach vielen Versuchen schaffte ich es dann endlich. Doch David war viel schwächer als ich und konnte sich nicht selbst helfen. Jede Welle drückte ihn wieder an die Pfähle. Er zog sich Verletzungen an der Haut zu und blutete an mehreren Stellen. Ich zögerte einen Moment lang – eigentlich wollte ich David helfen, aber ich hatte Angst, dass ich mich dann selbst wieder in Gefahr begab. Doch meine Sorge um David war schließlich stärker als die Angst. Ich schwamm zurück. David hielt sich nun krampfhaft an den Holzpfählen fest. Kaum, dass ich mich meinem Cousin genähert hatte, war ich wieder in der Grube vom Wasser umgeben. Ich riss David von den Pfosten los und versuchte ihn wegzuziehen. Das gelang mir nur schwer, da ich ja selbst nicht stehen und nur mit den Füßen paddeln konnte. Mit aller Kraft kämpfte ich

Mit aller Kraft kämpfte ich gegen die Macht der Wellen. Ich musste es schaffen!

gegen die Macht der Wellen. Ich musste es schaffen! Verzweifelt stieß ich mich an den Pfosten ab und versuchte, David in die Richtung zu werfen, in der mein Bruder stand. Und tatsächlich, es klappte! Nur wenige Augenblicke später stand David neben meinem Bruder auf festem Grund. Doch ich war immer noch in der Grube, bekam kaum noch Luft und hatte Angst – Todesangst. Mit jedem fehlgeschlagenen Versuch, mich zu befreien, sank meine Hoffnung.

Ich betete: „Gott, hilf mir doch, bitte!" Mir war klar, dass ich meinen Bruder, meinen Cousin und mich selbst in diese lebensgefährliche Situation gebracht hatte. Total verzweifelt und mit letzter Kraft gelang es mir schließlich irgendwie, mich noch einmal von den Holzpfählen abzustoßen und zu David und meinem Bruder zu gelangen. Schnell machten wir, dass wir aus dem Wasser kamen, griffen nach unseren Handtüchern und versuchten, den Schock zu überwinden. Wir zitterten am ganzen Körper und stellten fest, dass wir uns doch einige Verletzungen und blaue Flecken zugezogen hatten. Aber wir waren in Sicherheit, und das war die Hauptsache! Auf dem Heimweg kam uns bereits meine Mutter entgegen. Sie erschrak, als sie uns sah, und erzählte uns, dass sie das Gefühl gehabt hatte, dass etwas passiert sei. In der Ferienwohnung erholten wir uns erst einmal. Und ich dankte am Abend Gott dafür, dass er uns bewahrt hat, denn ich weiß bis heute: Wir haben ein Wunder erlebt.

Raphaela Löw, 15

Seltsamer Zufall

Ich bin ein „PK", ein Pastorenkind, und saß direkt an der „Quelle" spannender Geschichten, denn meine Eltern waren begabte Erzähler.

An Langeweile kann ich mich nicht erinnern, denn unser Haus war jederzeit offen für „winner and loser". Erfolgreiche Geschäftsleute, exotische Missionare und Jammergestalten gaben sich bei uns die Klinke in die Hand. Da mir die Bibel von klein auf vertraut war, diente sie mir als „Gebrauchsanleitung fürs Leben".

Als ich 13 oder 14 Jahre alt wurde, begann ich diese Regeln und auch die Anweisungen meiner Eltern gründlich zu hinterfragen. Man kann ja schließlich nicht ewig alles kritiklos nachbeten, was die Eltern einem beigebracht haben! In dieser Zeit las ich viel, diskutierte endlos, stellte vieles in Frage und holte mir „meine" Antworten. Das war 1968 ...

Ich entschied mich damals – und diesen Entschluss habe ich bis heute nicht bereut – dass ich dem Gott der Bibel weiterhin vertrauen wollte. Ich ließ mich taufen, damit die Leute auch sehen konnten, was ich dachte und was ich glaubte. Dieses symbolische Sterben im Wasser und das Auferstehen zu einem Leben mit Jesus hat mir den Rücken gestärkt und machte mir Mut, wenn die Zweifel kamen:

„Gibt es Gott tatsächlich? Habe ich mich wirklich von ihm adoptieren lassen?"

Ich ging damals auf das sogenannte „Pudding-Gymnasium" in Frankfurt, hier konnte man in drei Jahren das Fachabitur und gleichzeitig auch eine Berufsausbildung zur Hauswirtschaftsleiterin machen. Die anderen Mädels in meiner Klasse dachten nur an Partys und Jungs. Gott war eine Lachnummer für sie, und wenn sie mich dabei erwischten, dass ich vor dem Essen den Kopf senkte, weil ich Gott ein kleines „Danke" nach oben schicken wollte, dann kicherten sie los. Aber am Montag bekamen sie regelmäßig das große Grausen, weil sie nicht mehr genau wussten, was in der Nacht davor eigentlich alles abgelaufen war. Und wenn eine flüchtige Affäre wieder mal geplatzt war und sie vor Liebeskummer kaum aus den Augen gucken konnten, dann kamen sie zu mir geschlichen und suchten ein bisschen Trost.

Mit 18 Jahren verbrachte ich mein praktisches Haushaltsjahr bei der Familie meines Englischlehrers. Er hatte seinen Glauben an die Bibel schon vor Jahren über Bord geworfen, war ein messerscharfer Denker, sarkastisch, belesen und bissig in seiner Argumentation. Und er hatte sich fest vorgenommen, das altmodische Pfarrerstöchterchen von seinem naiven Kinderglauben zu heilen.

Die Therapie begann beim Mittagessen. Ich hatte mir überlegt, ob ich mein Dankeschön an Gott klammheimlich absetzen sollte – man kann ja auch mit offenen Augen und mittendrin beten – aber das wäre mir wie ein Verrat vorgekommen. Außerdem brauchte ich diese kurze Atempause im Gebet. Mein Tischgebet mutierte in diesen Monaten zum SOS-Ruf: „Gib mir gute Ideen! Hilf mir, dass ich freundlich bleibe!"

Die Kinder wunderten sich anfangs über diesen kurzen

„Stopp“ in der Essroutine. Vor allem der 6-Jährige machte seine Faxen und zog Grimassen. Das war der Mutter peinlich, denn sie wollte ihre Kinder zu toleranten und respektvollen Mitmenschen erziehen. Der Vater grinste nur und überlegte sich während meiner stillen Gebetszeit lauter Kümmelspalter-Fragen, mit denen er mich überfiel, sobald ich wieder die Augen geöffnet hatte: „Sylvia, was haben denn die Löwen im Paradies gefressen?“ Oder: „Woher nahm Kain seine Frau?“ Oder: „Wenn Gott wirklich allmächtig ist, kann er dann einen Stein erschaffen, der so groß ist, dass er ihn nicht mehr tragen kann?“

Mehr als einmal blieb mir der erste Bissen im Hals stecken, und ich kürzte daraufhin meine Tischgebete drastisch, damit meinem Lehrer weniger Zeit zum Nachdenken blieb. Mir graute allmählich vor dem gemeinsamen Mittagessen; am liebsten hätte ich meine Nudeln mit Tomatensoße gleich in der Küche aufgefuttert, aber das duldete er nicht.

Nie werde ich vergessen, wie er eines Mittags gleich nach meinem „prayer to go“ über das ganze Gesicht grinste und säuselte: „Sylvia, was werden Sie sagen, wenn es überhaupt keine Auferstehung gibt? Wenn Sie merken, dass Sie Ihr Leben lang an Quatsch geglaubt haben?“

Mir blieb erstmal die Spucke weg, dann sagte ich: „Sollte es wirklich keine Auferstehung geben, dann werde ich das nie erfahren. Ich bleibe dann einfach mausetot. Aber wenn es doch eine Auferstehung gibt – was werden Sie dann sagen? Was werden Sie Ihrem Schöpfer antworten?“

Seine Gesichtszüge schienen plötzlich wie eingefroren. Wortlos stand er vom Tisch auf und schlug die Tür hinter sich zu. Von diesem Tag an hat er mich nie mehr wegen meiner Überzeugung gehänselt; er wich solchen Gesprächen sogar aus. Und mit seiner Frau konnte ich auf einmal ganz offen über die Bibel reden, sie hatte viele Fragen, und bat mich sogar, ihren Kindern ab und zu biblische Geschichten zu erzählen.

Im letzten Schuljahr fiel der Englischunterricht auf die Zeit, in der ich gewöhnlich zum Gottesdienst gehe. In meiner Gemeinde ist das der Samstag, der in der Bibel „Sabbat“ genannt wird. Die Rektorin der Schule meinte, ich könne dem Unterricht nur dann fernbleiben, wenn der Englischlehrer damit einverstanden sei, allerdings müsste ich für den Schulabschluss die Englischprüfung bestehen.

Zaghaft klopfte ich an die Tür des Lehrerzimmers. Meine Knie waren wie aus Schaumgummi, als ich ihm meine Bitte vortrug. Er starrte mich an und knurrte: „Sie wollen meinen Unterricht schwänzen?“ Ich stotterte: „Sie wissen ja, dass ...“ Ungeduldig winkte er ab. „Ja ja, Ihr heiliger Tag! Aber wie wollen Sie die Prüfung bestehen, wenn Sie ein Jahr lang keinen Unterricht bei mir hatten?“ Ich holte tief Luft und sagte mutiger, als ich mich fühlte: „Gott kann mir helfen, damit ich genauso gut Englisch lerne wie meine Mitschülerinnen.“

„Und ich garantiere Ihnen, dass Sie achtkantig durch die Prüfung rasseln. Dann werden Sie begreifen, dass Gott nur ein Hirngespinst ist. Dafür werde ich sorgen.“

Und er hielt sein Versprechen. Ich wusste nie, was er im Unterricht durchgenommen hatte, denn es gab keine schriftlichen Notizen und kein Lehrbuch. Also sagte ich: „Herr, du weißt, was hier auf dem Spiel steht – nicht nur meine Ausbildung, auch die Frage, ob es dich wirklich gibt. Und ob du helfen kannst. Du bist mir wichtiger als die Schule. Aber es wäre schon sehr nett von dir, wenn du dafür sorgen könntest, dass ich die Prüfung trotzdem bestehe.“

Auf Gott vertrauen heißt ja nicht, dass wir uns auf die

faule Haut legen. Deshalb versuchte ich, auf eigene Faust Englisch zu lernen und zu praktizieren. Meine Eltern unterstützten mich darin, meine Mutter stopfte unser Wohnzimmer monatelang mit „Amis“ voll, sodass ich fast täglich Englisch reden musste. Ich lieh mir auch englische Bücher aus und wurstelte mich durch die Texte.

Zwei Wochen vor der Prüfung stöberte ich wieder mal in Vaters Bücherschrank und entdeckte ganz hinten in der zweiten Reihe ein zerfleddertes kleines Buch. Es hieß „Dienstanweisung an einen Unterteufel“, geschrieben von C. S. Lewis. Der Titel machte mich neugierig. Ich las es in einem Rutsch bis zur Mitte durch, denn es war spannend und beschrieb ziemlich drastisch, mit welchen Problemen sich ein junger Christ so herumschlagen muss. Besonders das mittlere Kapitel gefiel mir, ich las es so oft, dass ich es beinahe auswendig zitieren konnte. Dann legte ich das Buch zur Seite, es gab ja noch so viel zu lernen und zu wiederholen.

Die Examenswoche kam. Die schriftlichen Prüfungen waren für mich keine große Hürde, jetzt stand nur noch die mündliche Englischprüfung aus ... Mein Lehrer freute sich wie ein Schneekönig, als er mir das Blatt mit der Aufgabe in die Hand drückte: ein Kapitel aus „Screwtape Letters“. Ich sollte den Text durchlesen und dann auf Englisch mit ihm darüber diskutieren.

Ich starrte auf den Zettel. Was war denn das?? Hilfe! Kompliziert gedrechselte Sätze, völlig fremde Vokabeln; anfangs verstand ich nur „Bahnhof“. Mir wurde kalt vor Angst. Aber dann erkannte ich den Inhalt wieder: Das war ja „mein“ Kapitel aus der „Dienstanweisung“! Hurra!

Da mir der Inhalt so vertraut war, konnte ich die halbe Stunde vollkommen zur Vorbereitung auf die Diskussion nutzen – ich kannte ja die Winkelzüge meines Lehrers. Der sollte sich wundern! Während ich mir in Gedanken schon meinen Triumph ausmalte, begann eine leise Stimme in meinem Hinterkopf zu flüstern: „Was willst du erreichen? In Englisch brillieren? Den arroganten Lehrer verblüffen und ihm sein Spöttermaul stopfen?"

Ganz ehrlich: Genau das wollte ich! Aber ... nicht nur, sondern auch ... Und während ich darüber nachdachte, wünschte ich mir noch mehr: eine Chance, diesem stolzen Mann zu zeigen, dass Gott wirklich existiert, und dass er denen beisteht, die ihm vertrauen. Ich wusste aber, dass dies nur geschehen würde, wenn Gott selbst die Zügel in die Hand nahm und ich ihn „machen" ließ.

Als ich das Prüfungszimmer betrat, kam eine große Ruhe über mich, alle Nervosität war wie weggepustet. Ich spürte, dass dieses Match von einem anderen bestritten wurde.

Als ich das Prüfungszimmer betrat, kam eine große Ruhe über mich, alle Nervosität war wie weggepustet. Ich spürte, dass dieses Match von einem anderen bestritten wurde. Der Englischlehrer schoss seine Fragen ab wie Gewehrkugeln, und genauso flott kamen mir die passenden Antworten zugeflogen. Die anderen Prüfer guckten sich verblüfft an. Es lief wie bei einem Tischtennis-Turnier: ping-pong, ping-pong, ping – pong!

Mein Lehrer machte ein säuerliches Gesicht und sagte schließlich: „Wenn Sie nicht so einen grauenhaften Ami-Akzent hätten, müsste ich Ihnen eine Eins geben."

Auf dem Flur lief er mir kurz darauf nochmals über den Weg.

„Ich kann es noch nicht fassen", grummelte er. „Wieso können Sie so gut Englisch? Und woher kannten Sie dieses Buch?"

„Ich hab es neulich mal gelesen, aber nur bis zu diesem einen Kapitel, und das gleich fünfmal."

Er schüttelte den Kopf. „Was für ein seltsamer Zufall ..."

„Ja, eine Sonderform des Zufalls. Denn Gott existiert wirklich. Wenn wir ihn zu unserer Nummer eins machen, dann lässt er uns alles andere zufallen."

Er wandte sich ab und ging wortlos davon. Ich habe ihn nie wieder gesehen, denn er starb wenige Monate später an Krebs. Ob er Gott eine kleine Tür in seinem Denken geöffnet hat? Ob er in seinen letzten Tagen zu ihm zurückgekehrt ist? Ich hoffe es, denn ich würde ihn ganz gern im Himmel treffen.

Sylvia Renz, 60

Ein Gott,
der Gebete erhört

„Bittet Gott, und er wird euch geben!
Sucht, und ihr werdet finden!
Klopft an, und euch
wird die Tür geöffnet!“

Matthäus 7,7

Verliere niemals deine Hoffnung

„Das können wir unmöglich bezahlen! Es wäre besser, wenn wir fragen, ob du während der Klassenfahrt in die sechste Klasse gehen kannst. Das verstehst du doch, oder?“, fragte meine Mutter.

Sechste Klasse!? Ich will doch nicht in die sechste Klasse! Ich will mit ins Skilager, Spaß mit meinen Freunden haben und Skifahren lernen. Ich will doch nicht tausend neugierige Fragen von tausend neugierigen Schülern beantworten! Ich hörte sie schon fragen:

„Hä, Magda, wieso bist du heute bei uns?“

„Bleibst du länger?“

„Ich dachte, die Siebte ist gestern ins Skilager gefahren. Wieso bist du denn noch hier?“

Hätte ich dann ganz lieb und brav antworten sollen: „Weil meine Eltern nicht genug Geld für das Skilager haben.“?! Das brauchte doch nun wirklich nicht jeder zu wissen! „Ich will mit!“, schrie es in mir. „Wieso müssen ausgerechnet wir zu wenig Geld für diese Klassenfahrt haben?“

Ich murmelte etwas vor mich hin, das wahrscheinlich wie ein „Mmh“ klang, und rannte in mein Zimmer. Dort ließ ich mich auf mein Bett fallen und ein paar Tränen bahnten sich ihren Weg. Leise flüsterte ich: „Jesus, warum? Das ist doch total ungerecht! Ich will mit ins Skilager. Oh,

Jesus, bitte. Bitte, kannst du mir nicht helfen? Ich möchte nicht in die sechste Klasse gehen. Warum muss immer alles so teuer sein? Kann man Klassenfahrten nicht umsonst machen? Jesus, ich weiß, dass es nicht meine Entscheidung ist, aber wenn du willst, das ich mitfahren soll, dann bitte ich dich, mir das nötige Geld zukommen zu lassen! Wenn es aber nichts wird, dann hilf mir, das durchzustehen! Dann gib mir Antworten auf die Fragen der anderen. Du weißt, dass die Art und Weise, in der sie mich fragen würden, mir ganz einfach nur wehtun würde. Jesus, bitte hilf mir!"

Jesus, ich weiß, dass es nicht meine Entscheidung ist, aber wenn du willst, das ich mitfahren soll, dann bitte ich dich, mir das nötige Geld zukommen zu lassen!

Ohne dass ich es wusste, beteten auch meine Eltern für die Angelegenheit. Und unsere Gebete wurden erhört! Noch in derselben Woche riefen mich meine Eltern zu sich und zeigten mir, was an der Tür gehangen hatte: ein Beutel mit einer Karte und einer großen Summe Geld! Auf der Karte stand:

„Das Geld ist für eure zweite Tochter für das Skilager (für die Klassenfahrt).

Gottes Segen!"

Sowie noch zwei wichtige Aussagen:

„Wer das Morgen ganz in Gottes Hand legt
und heute ganz empfängt,
was er zum Leben braucht,
der allein ist wahrhaftig gesichert." Dietrich Bonhoeffer

„Aus seinem Reichtum hat er uns beschenkt,
uns alle mit grenzenloser Liebe überschüttet."

Johannes 1,18

In dem Moment, als meine Eltern mir den anonymen Brief zeigten, war ich mir wieder einmal vollkommen sicher: Gott liebt uns! Und er sorgt für uns. Er gibt uns mehr, als wir brauchen, wenn wir ihn nur darum bitten!

Ich hatte mehr Geld bekommen, als ich brauchte und ich hatte es zu einem Zeitpunkt bekommen, als ich es so dringend benötigte. Ich war total glücklich und konnte mich richtig auf das Skilager freuen. Außerdem hatte Gott mir gerade wieder einmal gezeigt, wie sehr er mich liebt!

Das Skilager war super, obwohl ich mir vieles anders vorgestellt hatte. Jeden Abend mussten wir Liftkarten, Essen und Ähnliches bezahlen. Unsere Lehrerin schockte uns mit der Nachricht, dass wir mehr Geld brauchen würden, als vorher abgemacht gewesen war. Die meisten aus meiner Klasse hatten nun nicht mehr genug Geld dabei, und auch ich befürchtete, dass mein Geld nicht ausreichen würde. Doch Gott hatte vorgesorgt! Das Geld reichte locker, und ich konnte sogar noch einer Freundin helfen!

Gott ist echt toll. Er erhört Gebete und sorgt für alle Fälle vor. Jesus liebt euch voll! Er will mit euch genauso tolle Sachen erleben wie mit mir! Ihr müsst ihm nur die Chance geben, euch zu zeigen, wie groß er wirklich ist!

Magdalena Mauersberger, 14

Ein Gebet im Regen

„Oh nein, komm, wir machen schnell!“, höre ich meine Cousine Isi sagen. Es regnet in Strömen und wir beide stehen irgendwo in Bremen vor einem Einfamilienhaus. Hinter uns liegen schon endlos lange zwanzig Minuten, in denen wir an Haustüren geklingelt haben, um den Menschen eine kleine Zeitschrift zu schenken. Sie sollte als Dank an jeden Bremer verteilt werden, weil das Christival, ein riesiges christliches Festival, in ihrer Stadt stattfinden durfte. Eigentlich hatten wir vor, an jeder Gartenpforte stehen zu bleiben, mit den Menschen zu reden und sie zu einem großen gemeinsamen Gottesdienst mit allen 16.000 Christival-Teilnehmern einzuladen. Doch jetzt sind wir durch den Regen und die vielen Absagen so weit, dass wir unsere Verteilaktion in eine Briefkastenaktion abändern. Wir teilen die Straßen, die wir zu „beliefern“ haben, untereinander auf, und jeder von uns versucht so schnell wie möglich, alle Hefte loszuwerden, um aus der Nässe zu kommen.

Als ich am Eckhaus der vierten Straße anlange, treffe ich kurz auf Isi, und wir klären mit einem halbverzweifelten, aber dennoch aufmunternden Blick, wer welche Häuser ansteuern soll. Ich gehe auf ein Haus zu, das einen schönen Vorgarten hat; ein paar Blumen blühen schon. Vor dem Küchenfenster steht eine Bank, auf der eine lebensgroße Figur sitzt, die ich im ersten Moment tatsächlich für einen Menschen halte. Meine Augen wandern von der Figur hoch zum Fenster. Schwach erkenne ich hinter der Scheibe eine Frau mittleren Alters. Es sieht aus, als wäre ihr Gesicht tränennass, aber ganz sicher bin ich mir nicht. Ich merke, dass sie mich ebenfalls entdeckt hat. Soll ich klingeln? Oder doch lieber nur schnell den Briefkasten nutzen? Ich entscheide mich für den kleinen runden Knopf an der Wand. Kurz drücke ich darauf. Durch das verdunkelte Glas sehe ich, wie jemand näher kommt. Dann geht mit einem leisen „Klack" die Tür auf. Und jetzt steht sie vor mir. Ihre Augen sind rotgeweint, noch immer laufen Tränen ihre Wangen herunter. „Oh Gott, hilf!", denke ich. Was soll ich in dieser Situation sagen oder tun?

„Ich komme vom Christival, wir bringen jedem Bremer dieses Heft, als ..." Was rede ich hier eigentlich? Ich verstumme und wünsche mir, nie geklingelt zu haben. Die Frau sieht mich an und entschuldigt sich mit den Worten: „Ich habe gerade einen schlimmen Anruf bekommen."

„Gott", bete ich leise, „was soll ich jetzt machen?" Die Antwort kommt sofort. Mir ist, als würde jemand sagen: „Du hast es doch gestern gelernt." Stimmt.

„Gott", bete ich leise, „was soll ich jetzt machen?"

Ich habe gestern in einem Workshop, den ich anfangs gar nicht besuchen wollte, gelernt, dass man Menschen fragen kann, ob man für sie beten darf. Meine Unsicherheit ist verflogen, mir wird langsam klar, dass ich hier nicht alleine im Regen stehe. Gott ist da.

„Kann ich mit Ihnen beten?", frage ich mein Gegenüber. Trotz allem bin ich sehr erstaunt, als ich ein klares „Ja" vernehme. Ich falte meine Hände, schließe die Augen und bete laut: „Vater, du siehst diese Frau hier, du weißt, was los ist ..."

„Warte“, unterbricht sie mich. Schnell geht sie weg, holt sich ein Taschentuch und kommt zurück zur Tür. Und ich setze mein Gebet fort „... ich hab keine Ahnung, was passiert ist, aber ich bitte dich, hilf ihr, mit der Situation klarzukommen, zeig ihr, dass du da bist und sie liebst. Hilf ihr, dass sie irgendwann wieder lachen kann ...“ Ich warte kurz, um ihr Gelegenheit zu geben, auch etwas zu sagen, doch als es ruhig bleibt, schließe ich mit den Worten: „Danke, dass du da bist. Amen.“

Ich öffne meine Augen, unsere Blicke begegnen sich. Hat das Gebet ihr geholfen? Von Herzen wünsche ich es ihr. Aber sehen kann ich es nicht. „Soll ich weiter für Sie beten, auch wenn ich jetzt gehe?“, frage ich in das traurige Gesicht. Die Frau nickt. „Gott“, denke ich, „du bist schon toll!“

Ich verabschiede mich, überreiche ihr noch das Heftchen – in der Hoffnung, dass sie ihren Retter und Fröhlichmacher darin findet, und gehe sehr nachdenklich weiter. Mir ist zum Weinen zumute, weil sie so traurig aussieht. Aber leise öffnet sich in mir eine Tür. Eine Tür, die Dankbarkeit und Freude herauslässt. Freude über Gott und dafür, dass ich vielleicht helfen konnte, vielleicht ein kleiner Sonnenstrahl sein konnte inmitten des trostlosen Dunkels, in dem sich die Frau gerade befindet. Ich bin dankbar dafür, dass er, der immer bei mir ist, mich auch in dieser Situation nicht verlassen und mir geholfen hat. Vielleicht war die ganze Verteilaktion ja nur für sie gedacht. Mutig bin ich nicht. Vor mir liegen noch viele Briefkästen. Viele Menschen. Viele Probleme. Beinahe habe ich ein wenig Angst davor, weiterzugehen. Aber jetzt weiß ich: Was auch passiert, durch den Regen der Welt geh ich niemals allein. Praise the Lord!

Johanna Seppmann, 15

Verschollen im Bahnhof

Wir standen auf dem Karlsruher Bahnhof. Eine unserer Betreuerinnen – Tabea – war schon losgegangen, um unsere Zugfahrkarten zu kaufen. Wir waren alle noch etwas müde vom Tag zuvor. Der bunte Abend, der Abschluss unserer Freizeit vom biblischen Unterricht, war erst sehr spät zu Ende gegangen.

Wir liefen mit unserer zweiten Betreuerin Nicole zum Zug, stiegen ein und warteten im Eingangsbereich des Waggons auf Tabea.

Nach einigen Minuten, der Schaffner hatte Nicole schon dreimal zugerufen, sie solle endlich von der Tür zurücktreten, damit der Zug losfahren könne, erklärte sie, sie wolle ihre Kollegin jetzt suchen gehen. Nicole ließ ihr Gepäck stehen und ging den Bahnsteig entlang. Als dann die Warnsignale ertönten, die die Abfahrt des Zuges ankündigten, und die Tür zu ging, sah Nicole sich erschrocken um und rief: „Meine Tasche!"

Daniel schnappte sich ihre Handtasche und gab sie mir hastig, woraufhin ich „Fang!" rief und warf. Sie fing die Tasche auf und warf mir einen dankenden Blick durch die nun vollständig geschlossene Tür zu.

Der Zug fuhr los.

Langsam stieg ich die Treppe zu den Plätzen hinauf, auf

denen es sich die anderen schon gemütlich gemacht hatten. Ich erklärte ihnen, dass Nicole ausgestiegen war, um Tabea zu suchen.

„Oh, nein", rief Daniel hinter mir. „Wir haben jetzt ja gar keine Karten!"

Wir beratschlagten, was wir nun tun sollten, und kamen schließlich zu dem Schluss, es mit Beten zu versuchen.

Also schloss ich meine Augen und betete: „Herr, du siehst, in was für eine dumme Situation wir geraten sind. Ich bitte dich, schenk, dass alles gut wird und wir keine Probleme bekommen."

Wir kamen schließlich zu dem Schluss, es mit Beten zu versuchen.

Clara fragte mich:

„Hey, Mandes, hast du vielleicht Nicoles Handynummer?"

„Nur die Nummer von Tabea. Ich versuch mal, sie anzurufen!", erklärte ich, während ich das Handy zückte und im Adressbuch nach der Nummer suchte.

Ich drückte auf den „Wählen"-Knopf, hielt das Handy an mein Ohr und hoffte, dass sie ihr Handy nicht – wie so oft – ausgeschaltet hatte.

Meine Hoffnungen wurden von einem „Düt, düt, düt"-Ton begraben.

„Sie hat ihr Handy ausgeschaltet", erklärte ich den anderen. „Ich versuch mal, ob meine Eltern oder Mali mir die Nummer von Nicole geben können."

Mali heißt eigentlich Malindi, sie ist meine zweite Schwester.

Also wählte ich die Nummer von Zuhause.

„Hallo?", meldete sich Malindi, und ich bat sie, mir die Nummer von Nicole zu geben.

„Oh ... ich hab sie nicht, und Mama und Papa sind gerade nicht da."

„So ein Mist! Danke trotzdem. Tschüss."

Mit einem Seufzen steckte ich das Handy zurück in meine Hosentasche.

Wir waren ratlos. Ich machte mir Sorgen und betete erneut: „Herr, hilf uns doch bitte, dass alles gut läuft, Amen."

Einige Minuten später klingelte mein Handy. „Hi, Mandes. Ich bin's, Nicole. Ich wollte nur sagen, dass, wenn ein Schaffner kommt, ihr ihm die Situation erklären müsst. Wir versuchen hier, alles in den Griff zu bekommen und kommen so bald wie möglich nach. Steigt einfach in Offenburg aus, dort, wo wir auch normalerweise ausgestiegen wären."

„Okay, Nicole", sagte ich, „wir geben unser Bestes."

„Das ist gut, also bis später."

Wir diskutierten noch ein wenig hin und her und wählten schließlich Clara aus, die mit dem Schaffner reden sollte. Als er dann nach einigen Minuten das Abteil betrat, stand Clara auf und schaute geduldig zu, wie er von Sitz zu Sitz ging und die Fahrkarten der anderen Reisenden kontrollierte.

Als er uns erreicht hatte, sprach sie ihn gleich an: „Guten Tag. Wir hätten da ein Problem ..."

„Bitte einen Moment noch", bat der Schaffner und ich schickte erneut ein Gebet zu Gott.

Der Schaffner kontrollierte eben noch ein Ehepaar vor uns und wandte sich dann uns zu. Plötzlich klingelte sein Telefon. Er sagte etwas Unverständliches, hielt einen Moment inne und grinste uns dann an. „Ja, vor mir ist gerade zufällig eine Gruppe mit fünf, sechs Teenies", sprach er in den Hörer. Nach einem für mich viel zu langen Moment sagte er: „Ist okay! Tschüss."

Er legte auf und wandte sich an uns: „Also, ich habe mit meinem Kollegen in Karlsruhe gesprochen. Da er die Karten bei sich hat und daher weiß, dass ihr bezahlt habt, dürft ihr jetzt noch nach Offenburg fahren, wo dann jemand auf euch wartet. Eure Betreuerinnen kommen dann später nach."

Ich dankte Gott, und als Nicole und Tabea endlich kamen, lachten wir zusammen über die ganze Geschichte.

Dieses Erlebnis hat meinen Glauben sehr gestärkt.

Mandes Lohse, 15

Gebete können Leben retten

Ich war auf dem Weg von der Schule nach Hause. Mein Kopf drohte zu platzen. So fühlt er sich immer an, wenn ich gerade einen Film angeschaut habe, der mich innerlich sehr bewegt und aufwühlt.

Unser Deutschlehrer hatte meine Klasse eingeladen, einen Film mit anzuschauen, den er einer anderen Klasse zeigen wollte. Da man dafür aber auch nachmittags in der Schule bleiben musste, war ich die Einzige aus meiner Klasse, die dablieb.

Der Film hieß „Das Leben der Anderen" und handelte von einem Stasi-Mitarbeiter*, der ein Künstlerpaar belauscht und dabei merkt, dass er das Falsche tut. Schließlich schreibt er gefälschte Berichte für die Akte des Ehepaars, um die beiden zu schützen.

Nachdem der Film zu Ende war, schwirrten viele Eindrücke in meinem Kopf herum, und ich war froh, dass ich nicht

---

* Mitarbeiter im Staatssicherheitsdienst der ehemaligen DDR. Die Stasi war vor allem ein innenpolitisches Unterdrückungs- und Überwachungsinstrument der Staatspartei (SED), die der DDR zum Machterhalt diente. Besonders die, die dem Staat kritisch gegenüberstanden, kirchlich aktive Leute, Intellektuelle und Künstler wurden sehr oft bespitzelt. Der erwähnte Film ist übrigens sehr sehenswert, weil er zeigt, wie ein „Überwachungsstaat" funktioniert.

so viele Hausaufgaben zu erledigen hatte. Ich schloss die Tür meines Zimmers, das in solchen Fällen immer der beste Platz zum Nachdenken ist. Jetzt war ich mit meinen Gedanken allein.

An meinem Schreibtisch sitzend, grübelte ich vor mich hin, als ich plötzlich eine Stimme in meinem Herzen hörte: „Bete für den Hauptdarsteller Ulrich Mühe."

Da ich mir schon lange Gedanken über Schauspieler gemacht hatte, vor allem darüber, ob schon jemand versucht hatte, ihnen von Jesus zu erzählen, war ich nicht überrascht über diese „Eingebung". Aber ich weigerte mich, diesem Impuls nachzugehen. Ich betete seit Kurzem für verschiedene Schauspieler, weil ich den Eindruck hatte, dass ich das tun sollte. Aber ich war entmutigt und frustriert, weil ich das Gefühl hatte, alles Beten sei nutzlos.

Ich sagte der Stimme in meinem Herzen: „Nein." Sie ließ aber nicht locker und wurde immer drängender. Gott schien meine Ausreden nicht akzeptieren zu wollen. Schließlich hörte ich ihn sagen: „Kümmert es dich denn nicht, wenn Ulrich Mühe nach seinem Tod nicht bei mir sein kann?" Ich begann zu weinen und bat Jesus, mein Herz zu öffnen, um von ganzem Herzen für Ulrich beten zu können.

Und Jesus öffnete wirklich mein Herz. Ich fiel auf die Knie und betete so intensiv wie noch nie zuvor in meinem Leben. Ich spürte tatsächlich die Gegenwart des Heiligen Geistes, der mir die Worte in den Mund legte und mich so erfüllte, dass in diesem Augenblick mein ganzes Denken und Fühlen darauf ausgerichtet war, leidenschaftlich für die Erlösung dieses Mannes zu beten. Nach einiger Zeit sagte mir die Stimme – sie war jetzt nicht mehr drängend, sondern ganz sanft –, dass ich jetzt aufhören könne zu flehen.

In der nächsten Zeit kreisten meine Gedanken immer wieder um dieses Erlebnis. Vor allem fragte ich mich, wie es Ulrich Mühe wohl jetzt ginge, und ob ich je erfahren würde, was mein Gebet bewirkt hat. Da ich nach all meinen bisherigen Gebeten nie auch nur den Hauch irgendeiner Veränderung mitbekommen hatte, erwartete ich auch diesmal nichts dergleichen. Doch die Nachricht, die ich bekommen sollte, war konkreter, heftiger und endgültiger, als ich es mir je hätte vorstellen können.

Zunächst passierte eine Zeit lang gar nichts. Wieder kamen Zweifel in mir hoch und ich begann mich für verrückt zu halten, weil ich auf das Drängen einer inneren Stimme hin für einen völlig Fremden so hingebungsvoll gebetet hatte, als läge ein Familienmitglied im Sterben.

Ich habe keine Ahnung, wie viel Zeit seit diesem aufwühlenden Erlebnis vergangen war, aber es müssen ein paar Wochen gewesen sein.

Der Tag, der mein Gebetsleben völlig verändern sollte, begann wie ein ganz gewöhnlicher Schultag und blieb zunächst auch so.

In der Deutschstunde dann erzählte der Lehrer meiner Klasse von dem Film, aber ich hörte nur mit einem Ohr hin. Ich kannte ihn im Gegensatz zu meiner Klasse ja schon. Erst, als er uns von den vielen Preisen, die der Film und auch der Hauptdarsteller gewonnen hatten, berichtete, horchte ich auf. Ganz nebenbei erwähnte er auch, dass Ulrich Mühe den Ruhm nicht lange habe genießen können, da er vor ein paar Wochen verstorben sei.

Das schlug bei mir ein wie eine Bombe. Plötzlich wusste ich wieder ohne Zweifel, dass es richtig gewesen war, für diesen Menschen zu beten. Am Ende der Stunde ging ich noch immer innerlich aufgewühlt nach vorne und fragte meinen Lehrer nach der Todesursache, doch wider Erwarten war mir diese Information gar nicht so wichtig. In mir pochte es die ganze Zeit: „Er ist tot, er ist tot, er ist tot! Und du warst zu faul, um zu beten. Wie konntest du dich auch nur einen Augenblick lang von deinen unwichtigen, kleinen Zweifeln aufhalten lassen beim Beten um die Rettung dieses Menschen?!" Meine Selbstvorwürfe gingen schließlich so weit, dass ich überzeugt war, ich sei schuld an seinem Tod.

Gott musste sehr lange an die Tür meiner Seele klopfen, bis ich einsah, dass mir meine Selbstvorwürfe zu schwer wurden und ich ihm endlich zuhörte. Er tröstete mich und machte mir auf seine geduldige, sanfte Weise klar, dass vor seinen Augen nicht mein Zögern, sondern letztendlich mein Handeln zählte.

Schließlich war ich so verzweifelt, dass ich Jesus eindringlich bat, nur noch seine und keine andere Stimme in meinem Herzen hören zu können. Und ich hörte: „Er ist bei mir."

Aber befreit aufatmen konnte ich noch nicht. Denn nun quälte mich die Frage, ob Ulrich jetzt bei Jesus war oder nicht. Zwei Stimmen kämpften in mir. Die eine versicherte mir, dass er jetzt dort sei, wo er hingehöre, und dass Gott die Gebete seiner Kinder hört und will, dass jeder Mensch gerettet wird. Die andere meinte, das Gebet eines Einzelnen könne nie und nimmer über das ewige Schicksal eines Menschen entscheiden, und es bestehe trotz allem die Möglichkeit, dass Gott diesen Mann nicht gerettet hat. Diese zweite Stimme war lange Zeit die stärkere.

Schließlich war ich so verzweifelt, dass ich Jesus eindringlich bat, nur noch seine und keine andere Stimme in meinem Herzen hören zu können. Und ich hörte: „Er ist bei mir." Die Tränen, die mir nun kamen, wischte ich mir hastig vom Gesicht. Hoffnungsvoll fragte ich: „Wie geht es ihm?" Da spürte ich, dass Gott lächelte und vor meinem inneren

Auge sah ich Ulrichs Gesicht. Er lächelte ebenfalls, und ich hörte seine Stimme, die zu mir sagte: „Mir geht es gut. Danke, dass du für mich gebetet hast, obwohl du mich gar nicht gekannt hast." Und dann spürte ich in mir den tiefen Frieden Gottes, der mich wie ein warmer Strom durchflutete. Auch diese zweite Last hat Gott mir so liebevoll von den Schultern genommen.

Er lenkte schließlich meine Gedanken wieder zu all den anderen Schauspielern und fragte mich, ob ich für sie beten wolle. Freudig sagte ich Ja. Ich bat ihn, mir die Bereitschaft zu schenken, von ganzem Herzen beten zu können, wo und wann immer er es von mir verlangen würde.

Immer wieder kommt es vor, dass ich entmutigt bin, weil ich absolut nichts von den Auswirkungen meiner Gebete erkennen kann. Doch dann erinnert Jesus mich an das soeben geschilderte Erlebnis und an ein paar Zeilen aus dem Lied „Love them like Jesus" von der Band Casting Crowns. Diese Zeilen, die mir schon oft geholfen haben, lauten übersetzt: „Liebe sie, wie Jesus sie liebt, trage sie zu ihm hin. Du brauchst nicht die Antwort auf alle Fragen des Lebens zu wissen. Aber sei sicher, dass er sie liebt und ihnen zur Seite steht."

Deine Gebete können Leben retten. Sie werden nicht immer das bewirken, was du dir wünschst, aber sie verändern, wenn auch oft von Menschen ungehört und unbemerkt, die Welt.

Amira Shoukry, 16

Gesegnet

„... und wir möchten dich bitten, dass jede CD, die wir gleich verteilen, in die richtigen Hände gerät. Es gibt so viele Menschen in dieser Stadt, die dich noch nicht kennen. Schenke, dass deine gute Nachricht heute viele Leute erreicht. Amen."

Nach diesem Gebet zerstreute sich unsere Gruppe in ganz Zadar. Während unserer Freizeit in der bekannten kroatischen Hafenstadt stand heute ein Missionseinsatz auf dem Programm. 1.000 CDs mit Berichten von jungen Kroaten, die Jesus gefunden haben, galt es, unter das Volk zu bringen. Ich gehe eigentlich nicht so offen auf Menschen zu und wusste zunächst nicht, wie ich meine fünfzig CDs verteilen sollte. Einfach auf wildfremde Leute zuzugehen, noch dazu im Ausland, das war nicht so mein Ding.

Mit einigen Freunden zog ich los.

Auf einem ziemlich überfüllten Marktplatz begannen wir unsere Verteilaktion.

Ich gab mir einen Ruck und streckte einem jungen Mann mit den Worten „Hello, it's for you" eine CD entgegen. Dieser wehrte ab und ging einfach weiter. Auch bei den nächsten Leuten hatte ich nicht wirklich Erfolg. Lustlos und verärgert wollte ich schon umdrehen, als ich mich an Dietmar erinnerte, der vorher für die Aktion gebetet hatte.

In Gedanken sprach ich zu Gott: „Herr, du weißt, dass ich gerne diesen Menschen deine frohe Botschaft mitgeben möchte. Zeige mir, wem ich eine CD geben soll und hilf mir beim Verteilen."

Unsere kleine Gruppe stand nun vor einem der unzähligen Stände, an denen es gefälschte Markensonnenbrillen, Armbänder, Krimskrams und Spielzeug zu kaufen gab. Ich schaute mich ein wenig um und fand ein Lederarmband, das mir gut gefiel.

Ich nahm es und ging zu der Verkäuferin. Nachdem ich bezahlt hatte, sagte ich kurzerhand: „And this is for you. Have a look at it." Ich gab ihr eine CD. Die junge Frau sah mich erst verdutzt an, starrte dann jedoch auf das Cover. Sie drehte die Hülle um und überflog schnell das Inhaltsverzeichnis. Ein Lächeln huschte über ihr Gesicht und mit dankbarem Blick sagte sie leise „Thank you!".

Ein Lächeln huschte über ihr Gesicht und mit dankbarem Blick sagte sie leise „Thank you!".

Es war einfach toll zu sehen, wie sehr sich die Frau über das Geschenk gefreut hat. Auch die anderen CDs konnten wir alle verteilen, wir mussten schließlich sogar feststellen, dass wir zu wenige dabeihatten!

Später sagte Lisa, eine Freundin von mir: „Ist dir auch aufgefallen, wie sehr sich die Leute gefreut haben, wenn wir ihnen was in die Hand gedrückt haben? Die haben richtig gestrahlt!"

Was ich so beeindruckend fand, war, dass Jesus wirklich die Aktion gesegnet und uns geholfen hat. Nach meinem Gebet hatte ich viel mehr Mut und konnte auf die Leute zugehen.

Auf der Freizeit habe ich auch bei anderen Gelegenheiten gemerkt, wie wichtig das Gespräch mit Gott ist. Jeden Morgen haben wir uns in Kleingruppen getroffen und unsere „Stille Zeit“ gehalten. Zusammen lasen wir einen Bibeltext und redeten darüber. Jeder hatte seine eigenen Gedanken dazu, und ich war richtig erstaunt, wie viel Gesprächsstoff es gab. Ein Thema hat mich besonders berührt: „Sich satt essen“ hieß die Überschrift. In dieser Bibelarbeit ging es um Nahrung, die jeder Mensch braucht, um zu überleben. Man kann zwar eine Weile ohne Nahrung auskommen, aber schon nach einiger Zeit geht es einem schlecht, und wenn man gar nichts mehr zu sich nimmt, stirbt man irgendwann. Das kann man auch auf das Christsein übertragen. Das heißt nicht, dass man viel essen muss, wenn man mit Jesus lebt. Es geht um die geistliche Nahrung, das Lesen in der Bibel, das Reden mit Gott. Ich habe gemerkt, dass es nicht genügt, in eine Gemeinde zu gehen, eine Jugendgruppe zu besuchen oder seinen Urlaub auf einer christlichen Sommerfreizeit zu verbringen. Vielmehr geht es um die persönliche Beziehung zu Gott.

Jetzt, wo ich wieder zu Hause bin, lese ich regelmäßig in der Bibel und erinnere mich oft daran, dass ich mit Gott in jeder Lage reden kann und er meine Gebete erhört.

Mir hilft es, jeden Tag eine feste Zeit zu haben, in der ich mit Gott sprechen kann, und zusammen mit ihm in seinem Wort zu lesen.

Ich danke Gott für die vielen Erlebnisse und Begegnungen, die er mir auf der Freizeit geschenkt hat, und für die vielen Dinge, die ich neu lernen durfte.

Drei Punkte sind mir besonders wichtig geworden: Ich darf zu Jesus beten. Er hört mir zu und hilft mir. Und: Ich muss als Christ etwas „essen“, um fest in Jesus verankert zu sein.

Samuel Kuhn, 17

Ein Gott, der heilt und befreit

„Ich habe deine Schultern
von der Last befreit,
den schweren Tragekorb
habe ich dir abgenommen."

Psalm 81,7

Unter Gottes Schutz

Tick, tick, tick ...

In meinem Zimmer herrschte Totenstille und doch nahm ich das Geräusch meines Weckers kaum war. Ich starrte ins Dunkle, wo ich sie sehen konnte – die Schatten, die durch mein Zimmer huschten, an den Wänden entlang, an meinem Bett vorbei. Ich traute mich nicht, mich zu bewegen. In meinem Kopf herrschte totale Panik. Immer wieder betete ich in Gedanken dasselbe: „Hilfe! Gott, hilf mir!"

Bitte! Telefon ... Telefon ... Automatisch griffen meine Hände zum Hörer, der unter meinem Kissen lag. Bevor ich wählte, wanderte mein Blick zum Wecker. Es war wieder 3.30 Uhr morgens. Als ich kurz nach Silvester ein paar Mal hintereinander Albträume hatte, dachte ich mir zunächst nichts weiter dabei. So etwas passiert schließlich jedem einmal, dachte ich. Doch nach zweieinhalb Wochen waren sie immer noch da.

Mittlerweile schreckte ich jede Nacht hoch und auch die Träume waren schrecklicher geworden. Sie waren so real! Jedes Mal musste ich mit ansehen, wie meine Familie und meine Freunde vor meinen Augen starben. Es zerriss mir das Herz und machte die Panik in mir nur noch schlimmer. Aber ich war wie gefangen ... Trotzdem wagte ich es nicht, mich jemandem anzuvertrauen – noch nicht einmal meiner Familie. Denn eigentlich waren es ja nur Träume und ich wollte mich auf keinen Fall lächerlich machen. Doch dann verfolgten mich die schrecklichen Bilder auch tagsüber. Ständig sah ich nun, wie schon vorher in meinen Träumen, dass alle Menschen, die mir etwas bedeuteten, ums Leben kamen. Als ich einmal zwei Freunden begegnete, sah ich, dass der eine von ihnen eine riesige Wunde am Kopf hatte und es daraus unaufhörlich blutete. Doch keiner tat etwas dagegen! Es war für mich so schwer geworden zu unterscheiden, was Realität war und was nicht. Trotz allem sprach ich erst nach einem Monat mit meiner besten Freundin Tanja. Sie betete mit mir und beruhigte mich. Und dann sah sie mich ernst an und sagte: „Steffi, wenn du wieder einen Albtraum hast, dann ruf mich an! Egal, um welche Uhrzeit. Auch, wenn es drei Uhr morgens ist! Ich meine es absolut ernst." Ich war unglaublich dankbar, dass ich Tanja hatte und sie mich nicht für verrückt erklärte! Also versprach ich es ihr, obwohl ich ihr wirklich keine Probleme bereiten wollte. In der darauffolgenden Nacht rief ich sie zum ersten Mal an. Tanja betete mit mir und versuchte, mir die Angst zu nehmen. Außerdem las sie mir Psalm 91 vor, den Psalm, der mir während dieser ganzen schwierigen Zeit zum Begleiter wurde. Ich spürte, dass Gott alles zu mir persönlich sagte und er es auch so meinte. Das baute mich auf und gab mir Kraft durchzuhalten.

Einen Tag später sprach ich mit Tanjas jüngerer Schwester und mit Judith, einer anderen Freundin von mir. Auch die beiden sagten mir, dass ich sie um jede Uhrzeit anrufen könne. So kam es, dass ich fast jede Nacht eine von den Dreien anrief. Häufig schafften sie es sogar, mich so weit zu beruhigen, dass ich noch am Telefon wieder einschlief. Immer wieder lasen sie mir den Psalm 91 oder andere Stellen aus der Bibel vor und beteten mit mir. Doch trotz der Gebete veränderte sich nichts und langsam verlor ich meine Hoffnung.

Aber Gott bewahrte mich dennoch in dieser Zeit.

Als ich an einem Tag zur Schule ging, hörte ich wie immer zu laut Musik und bekam von allem um mich herum nicht so viel mit. Doch plötzlich hörte ich ganz deutlich hinter mir jemanden meinen Namen rufen. Ich war irritiert und blieb stehen. In dem Moment, als ich mich umdrehte, um zu sehen, wer mich gerufen hatte, raste ein Bus an mir vorbei. Ich sah meine Freundin Nina hinter mir und realisierte nur langsam, dass ich gerade um ein Haar überfahren worden wäre. Da bemerkte ich, dass mein MP3-Player immer noch auf volle Lautstärke eingestellt war. Schnell machte ich ihn aus und rätselte, wie ich Nina überhaupt hatte hören können. Gott musste es irgendwie möglich gemacht haben.

Solche und ähnliche Sachen passierten mir mehrere Male hintereinander und jedes Mal rettete Gott mich vor dem sicheren Tod. Mit meiner Hauskreisleiterin Lilli begann ich mich zum Beten zu treffen, um Gott nach der Ursache all dieser Vorkommnisse zu fragen. Stück für Stück kamen Sachen aus meiner Vergangenheit ans Licht, die mich noch stark belasteten, und auch Schuld daran waren, dass es mir so mies ging. Nach einiger Zeit wurden meine drei Freundinnen, die ich immer noch nachts anrief, krank. Alle drei auf einmal! Ich dachte sofort, dass ich daran schuld sei, weil ich sie durch meine Anrufe in die ganze Sache reingezogen hatte. Ich sprach mit Lilli darüber und wir kamen gemeinsam zu dem Schluss, dass es besser sei, Tanja, Mareike und Judith nachts nicht mehr anzurufen. Anfangs fanden die drei, dass das keine gute Idee sei, doch trotzdem telefonierten wir weiterhin fast jeden Nachmittag, lasen in der Bibel und beteten. Aber oft redeten wir auch über ganz andere Dinge, damit ich abgelenkt war und abschalten konnte.

Obwohl sich schon so vieles ereignet hatte, wollte ich mich weder meiner Mutter noch meinen Geschwistern gegenüber öffnen. Ich wollte nicht auch noch ihnen zur Last fallen. Doch natürlich merkten mir alle an, dass etwas mit mir nicht stimmte, und irgendwann drängte mich meine Mutter so lange, bis ich mich ihr schließlich anvertraute. Von diesem Zeitpunkt an betete auch sie mit mir und für mich, was mir total guttat.

Dann geschah etwas sehr Seltsames. Eines Tages, meine Eltern und Geschwister waren gerade alle außer Haus, beschloss ich, noch schnell zu duschen, bevor auch ich die Wohnung verlassen wollte. Kurz vorher hatte ich noch in der Bibel gelesen, sie war noch bei Psalm 91 aufgeschlagen. Während ich unter der Dusche stand, begann plötzlich das Licht zu flackern. Als ich unter dem Türspalt einen Schatten am Badezimmer vorbeigehen sah, konnte ich mich vor Schreck kaum noch bewegen und begann vor lauter Angst zu zittern. Doch innerhalb einer Sekunde war alles wieder wie vorher; trotzdem beruhigte ich mich nur sehr langsam. Als ich in mein Zimmer kam, sah ich, dass meine Bibel an einer anderen Stelle aufgeschlagen war als vorher. Das Zittern kehrte zurück, als ich die Überschrift von Psalm 88 las:

„Am Rande des Todes – völlig allein." In diesem Psalm geht es um einen Menschen, der von seinen Feinden bedroht wird. Er ist völlig allein, da alle Freunde ihn im Stich gelassen hatten.

Ich war am Ende. Schnell erzählte ich Tanja, Mareike und Judith von dem Vorfall, und sie versprachen mir, dass sie mich niemals im Stich lassen würden. Und sie sagten mir auch, dass es eine Lüge war, die mir der Teufel einreden wollte. Trotzdem fühlte ich mich verzweifelt und allein. Außerdem hatte sich in meinen Nächten immer noch nichts geändert, und langsam verlor ich auch die Kraft und den Willen, um durchzuhalten.

Bevor die ganze Sache mit den Albträumen begann, putzte ich manchmal bei Bekannten, um etwas Taschengeld dazuzuverdienen. Als ich an einem Tag wieder putzen gehen wollte, fühlte ich mich eigentlich zu schlapp dafür, machte mich aber trotzdem auf den Weg. Als ich da war, fragte mich die Frau, ob ich heute die Vitrinen ihres Mannes putzen könnte. Ich erklärte mich bereit dazu und wurde in das Zimmer geführt. Aber mir wurde ganz anders zumute, als ich sah, was in den Vitrinen ausgestellt war: Es waren kleine, scharfe Messer. Mit einem komischen Gefühl im Bauch fing ich also an, die Vitrinen auszuräumen. Nach einiger Zeit verließ die Frau das Zimmer und nun war ich alleine im Raum, mit den Nerven am Ende und umringt von Messern! Die ganze Verzweiflung kam in mir hoch, und schon hatte ich ein Messer in der Hand und war kurz davor, mir die Pulsader aufzuschneiden. Doch Gott rettete mich – diesmal vor mir selbst. Denn in dem Moment kam die Frau wieder herein und ich legte das Messer schnell zurück, bevor sie etwas merkte. Äußerlich hatte ich zwar nur einen kleinen Kratzer an meinem Arm, doch innerlich fühlte ich mich vollkommen zerstört. Immer wieder hallte es in mir. „Du bist so schlecht! Du verdienst so gute Freunde doch gar nicht! Du belastest sie nur! Du bist so schlecht! Schlecht! Schlecht!“ Das versuchte ich auch meinen Freunden zu erklären. Aber sie widersprachen mir und sagten, dass das nicht stimmte. Sie versuchten mir klarzumachen, dass Gott mich liebte und ... warnten mich davor, etwas Dummes anzustellen. Aber die Versuchung war so groß!

Immer waren entweder Tabletten, Klingen oder Scherben in meiner Nähe. Aber Gott hielt mich jedes Mal zurück.

Immer waren entweder Tabletten, Klingen oder Scherben in meiner Nähe. Aber Gott hielt mich jedes Mal zurück oder half mir, alles, was ich „für den Notfall" eingesteckt hatte, Tanja zu geben.

Endlich ging es mir tagsüber besser. Ich sah weder Tote noch Blut, und ich spürte auch, dass Gott in mir wirkte. Die Gebetsmeetings mit Lilli, bei denen nun auch mein Pastor dabei war, halfen mir total. Außerdem schlief ich auch besser, und meine Freunde freuten sich mit mir über jede kleine Verbesserung, die sich einstellte.

Mittlerweile war es schon Anfang März, und ich war dankbar für jede Ablenkung, die sich mir bot. Da war ich natürlich besonders begeistert, als ich und meine Freunde Tickets für ein christliches Konzert erstanden hatten. Die erste Hälfte des Konzerts genoss ich sehr, doch nach der Hälfte sah ich wieder diese schrecklichen Dinge. Ich lief schnell aus der Halle und an die frische Luft. Es war schon dunkel, als ich rauskam, und ich atmete erst einmal tief ein. Doch plötzlich spürte ich sie wieder: die Wut und den Hass auf mich selbst. In diesem Moment fasste ich einen Entschluss. Ich dachte kaum etwas, als ich mich auf die Straße stellte und auf ein Auto wartete, um mich überfahren zu lassen, außer: *Gleich ist alles vorbei! Ich weiß ja, dass es so für alle das Beste ist.*

„Stefanie!"

Ich sah eine Frau auf mich zukommen. Jetzt war ich absolut verwirrt. Wer war das und woher kannte sie meinen Namen? Doch nachdem sie mich von der Straße geholt hatte, erklärte sie mir alles. Gott hatte dieser Frau nämlich schon lange vor dem Konzert gesagt, dass ich mir das Leben nehmen wollte und dass sie mich von der Straße wegholen sollte.

Ich war Gott einerseits dankbar, dass er mich schon wieder gerettet hatte, aber andererseits war ich verzweifelt und wollte, dass endlich alles wieder normal wird.

Fünf Tage nach dem Konzert war ich völlig fertig und beschloss, dass es so nicht weitergehen konnte. Also schrieb ich einen Brief an Mareike, Tanja und Judith:

„Es tut mir leid!
Aber ich glaube, es ist besser, wenn ihr mich einfach ‚hängen' lasst. Ich glaube, es ist besser so für euch! Mir tut es selbst weh, denn ich habe euch so lieb, aber ich möchte nicht, dass ihr seht, wie scheiße es mir geht. Ich hoffe, ihr versteht das! Und ich möchte euch nicht länger auf die Nerven gehen mit meinen Anrufen etc. Ich danke euch, dass ihr für mich dagewesen seid und hoffe, ihr seid nicht sauer und enttäuscht. Ich werde wahrscheinlich versuchen – gegen meinen Willen –, euch aus dem Weg zu gehen. Ehrlich gesagt hoffe ich, ihr lasst das nicht zu. Aber andererseits hoffe ich auch, ihr vergesst mich schnell. Ich spiele mit dem Gedanken zu sterben, weil ich es einfach nicht mehr aushalte. Ich bin körperlich und seelisch am Ende. Ich bin müde. Ich habe so viele verschiedene Möglichkeiten im Kopf, mich umzubringen! Und alles ist in meiner Nähe! Ich hoffe, ich werde es nicht wegen euch tun, denn sonst versteht mich keiner. Ich habe euch ganz doll lieb.

Eure Steffi"

Die drei machten sich nach dem Brief natürlich riesige Sorgen und Tanja sprach mit unserem Pastor darüber. Daraufhin rief er meine Mutter an und erzählte auch ihr von dem Brief. Im Nachhinein bin ich echt froh, dass auch sie von dem Brief erfuhr, da ich mich erst da traute, mit meiner Mutter über die Selbstmordgedanken zu sprechen.

Und dann passierte wieder etwas Beängstigendes: Ich saß nach der Putzaktion in unserer Gemeinde noch etwas gedankenverloren vor dem Eingang zum Gemeindehaus und hörte Musik. Wenig später entdeckten mich Tanja und Sabrina, wie ich gekrümmt dastand und mir die Ohren zuhielt. Während sich Tanja um mich kümmerte, holte Sabrina schnell Hilfe. Ich kann mich nicht mehr daran erinnern, wie ich ins Gemeindehaus gebracht wurde, nur noch an viele Stimmen in meinem Kopf, die die ganze Zeit schrien: „Wir werden dich umbringen! Und niemand kann dir helfen! Du bist ganz allein!" Und das wiederholten sie immer wieder. Es war einfach nur schrecklich!

Während dieser ganzen Zeit beteten meine Mutter, Lilli und ein Teil der Gemeindeleitung für mich. Nach einer Weile kam ich wieder zu Bewusstsein, konnte aber immer noch nicht richtig sprechen. Also versuchte ich, etwas mit meinen Fingern auf den Boden zu schreiben. Da gab mir unser Pastor Stift und Zettel und ich fing an zu schreiben: „Wo ist Gott? Warum hilft er mir nicht? Sie wollen mich umbringen! Hilfe! Mama, wo bist du nur? Hilfe!"

Obwohl ich nach diesem Zusammenbruch noch weitere Tiefpunkte erlebte, ging es mir wenigstens nachts wieder etwas besser. Aber richtig gut schlafen konnte ich immer noch nicht. Bis ... bis ich ein Prophetie-Seminar in meiner Gemeinde besuchte, zu dem auch einige Freunde aus einer Schwestergemeinde kommen wollten. Der Praxisteil des Seminars bestand darin, in einer Gruppe füreinander zu beten und nachher seine Eindrücke an die anderen weiterzugeben. Als wir unsere Gebetsrunde beendet hatten, kam ein Junge aus der anderen Gemeinde, mit dem ich noch gar nicht so viel zu tun gehabt hatte, zu mir und erzählte mir, dass er einen Eindruck gehabt hatte. Ich guckte ihn gespannt an und er sagte nur: „Ich hatte den Eindruck, dass jetzt alles vorbei ist und du wieder gut schlafen kannst." Ich war völlig überwältigt! Schließlich hatte dieser Junge ja keine Ahnung, was ich durchgemacht hatte. Strahlend lief ich zu Lilli und erzählte es ihr. Sie war außer sich vor Freude und auch von Mareike, Tanja und Judith wurde ich noch lange und doll gedrückt.

Und es stimmte wirklich! Seit genau diesem Tag konnte ich wieder gut schlafen und habe keine Toten oder Ähnliches mehr gesehen. Ich bin Gott unendlich dankbar für all die Liebe, mit der er mich in der ganzen Zeit umgeben hat, und für all die Menschen, die er um mich gestellt hat, um mich zu bewahren. Jetzt weiß ich: Gott ist immer da, egal, in welcher Situation ich gerade bin. Gott ist größer und stärker als alles und er wird mich niemals verlassen. Mein ganzes Leben lang!

Stefanie Callsen, 18

Herausgeholt

Höchstwahrscheinlich würden sich nur wenige „normale" Menschen, wie ich einer bin, als süchtig oder gar abhängig bezeichnen. Man sagt, Abhängigkeit wäre etwas für Menschen mit „schwachem Charakter", die sich selbst nicht in den Griff kriegen können. Das muss aber nicht immer notwendigerweise so sein.

Es gibt viele Dinge, die selbst jemanden, der schon richtig fest Christ ist, von Gott wegbringen können. Manche dieser Dinge sind in der Gesellschaft längst akzeptiert und normal. Die Internet-Pornografie gehört mit Sicherheit dazu. Ich hätte mir nie träumen lassen, dass ich selbst einmal davon betroffen sein oder ein Problem damit bekommen könnte ... Doch es kam alles ganz anders.

Zu Beginn der Pubertät entwickelte ich, wie alle anderen Jungs meines Alters auch, ein gewisses Interesse am anderen Geschlecht. Zu der Zeit hatten wir in unserem Haus einen Internetanschluss bekommen und ich begann, diese virtuelle Welt eifrig zu erforschen. Aus reiner Neugier und Spaß gab ich in diverse Suchmaschinen „gewisse Begriffe" ein und ließ mich von den Suchergebnissen überraschen. Viele der dort angegebenen Links führten zu erotischen Internetseiten, die ich mit wachsendem Interesse und Faszination nun öfter aufsuchte. Die dort gezeigten Bilder faszinierten mich auf eine eigenartige Weise und ich schlich mich mitunter auch nachts an den PC, um nach neuen Seiten dieser Art zu suchen. Niemandem fiel das auf, zumal ich es selbst für nicht weiter problematisch hielt.

Aus reiner Neugier und Spaß gab ich in diverse Suchmaschinen „gewisse Begriffe" ein und ließ mich von den Suchergebnissen überraschen.

Über viele Jahre ging das so weiter. Niemand bemerkte etwas, weder Familienmitglieder noch gute Freunde; ich verhielt mich ja weitgehend normal. Immer wieder fand ich neue Ausreden, um mein Gewissen, das mich oft in den entscheidenden Momenten plagte, zu beruhigen: „Gott hat die Sexualität doch als etwas Gutes und Schönes erschaffen, dann kann es ja kaum falsch sein, was ich hier mache." Irgendwo in meinem Unterbewusstsein war mir jedoch sehr wohl klar, dass das alles falsch und verlogen ist, was ich tat, und früher oder später auffliegen musste – mit den entsprechenden peinlichen Folgen.

Daher wurde ich immer raffinierter, speicherte entsprechende Websites, um schnell und unauffällig darauf zugreifen zu können, sicherte meinen Computer mit Passwörtern und vieles mehr.

Mein Glaubensleben entwickelte sich eigenartigerweise trotzdem weiter. Obwohl mir in bestimmten Situationen oft Dinge durch den Kopf gingen wie: „Gott hasst mich bestimmt für das, was ich hier mache, und will mit mir nichts mehr zu tun haben", spürte ich ganz deutlich, wie er mir gerade in dieser Zeit nahe war und mich immer reicher beschenkte. Irgendwann stellte ich fest, dass ich von Gott mit verschiedenen Gaben ausgestattet worden war und begriff, dass ich sie für seine Zwecke einsetzen sollte, was ich dann auch tat.

Je intensiver ich dieses Doppelleben führte, desto größer wurden meine inneren Zwiespälte. Nachts zu selbstsüchtigen Zwecken vor dem Computer sitzen und sich tagsüber für Jesus einsetzen – das konnte nicht zusammenpassen!

Irgendwann, als ich wieder einmal an einem Tiefpunkt angelangt und sehr verzweifelt war, stieß ich im Internet auf die Seite eines Vereins, der Hilfe für Menschen anbietet, die von Internet-Pornosucht betroffen sind. Ich druckte mir einige Artikel aus und las viel über Leute, die aus diesem Sumpf der Verzweiflung und Selbstverachtung herausgefunden haben – mit Gottes Hilfe. Das gab mir Hoffnung, denn bei mir hatten die Niedergeschlagenheit und der Hass auf mich selbst schon einen fortgeschrittenen Status erreicht. Mir wurde schnell klar, dass an vielen Stellen *mein* Name hätte stehen können, und ich suchte nun fieberhaft nach einem Ausweg.

Ich begann viel zu beten, flehte Gott an, mir zu vergeben und diese Sucht von mir zu nehmen. Für kurze Zeit funktionierte das auch, doch bald wurde ich wieder rückfällig und war danach innerlich noch zerrissener als zuvor. Mich verfolgte die Angst, nie dieses dunkle Kapitel meiner Geschichte beenden zu können und immer ein Doppelleben zu führen. Ich wollte endlich aufhören, anderen Menschen ein mehr oder weniger gutes Christsein vorzuleben und dabei „hinter den Kulissen" etwas vollkommen Widersprüchliches zu tun!

Eines Tages jedoch, nach einem der zahlreichen Rückfälle, beschloss ich, endlich einen Schlussstrich zu ziehen und diesen Dingen ein für alle Mal den Rücken zu kehren. Ich betete wieder um Vergebung, um Hilfe und einen Weg, die Verstrickungen für mich zu entwirren. Ich traute mich allerdings noch nicht, mit jemandem über die Sache zu reden. Denn erstens ist das Thema ja eine peinliche Angelegenheit. Und zweitens hielt mich die Tatsache zurück, dass ich viele Menschen, die mir zutiefst vertrauen und mich nie mit so etwas in Verbindung bringen würden, mit meinem Handeln betrogen hatte. Ich fürchtete, dass sich viele gute Freunde oder Bekannte von mir abwenden oder zumindest schlecht von mir denken würden, wobei mir gleichzeitig auch klar war, dass viele von ihnen selbst Christen sind und mir – auch wenn es ihnen vielleicht schwerfällt – vergeben würden. Am allerwenigsten wollte ich meine Eltern ins Vertrauen ziehen, da ich ihnen die Illusion eines einigermaßen wohlerzogenen Sohnes nicht nehmen wollte.

Ich begann schließlich, meine Geschichte zu Papier zu bringen. Und während des Schreibens – sowie beim Lesen ähnlicher Erlebnisberichte – entdeckte ich, dass ich bei Weitem kein Einzelfall bin. Mir war klar geworden, dass es nichts bringt, wenn man seine Probleme einfach ignoriert. Man muss darüber sprechen, sonst frisst einen die Sünde irgendwann auf.

Und dann fasste ich mir ein Herz und redete mit einem Freund darüber. Nach und nach wurde mir klar: Gott hat die Sexualität als etwas Gutes und Leidenschaftliches erschaffen, aber damit sicher nicht die Zurschaustellung und Selbstbefriedigung durch Bilder gemeint.

Nach dieser „Offenbarung" fühlte ich mich deutlich besser und schaffte es für eine Weile, „clean" zu bleiben. Doch dann kam der Rückfall. Unerwarteter, als ich es mir hätte träumen lassen.

Schließlich zog ich in eine andere Stadt und begann meinen Zivildienst in einem christlichen Verein. Dort erfuhr ich nach einer Weile, dass viele der Mitarbeiter „krasse Geschichten" erlebt haben: von Süchten oder schlimmen Krankheiten geheilt wurden, starke geistliche Kämpfe auszufechten hatten usw. Schon immer hatte ich gehofft, selber einmal eine „richtig" intensive Erfahrung mit Gott zu machen, doch irgendwie blieb sie aus. Jetzt sah ich jedoch deutlich, dass Gott Menschen verändern kann und will – und das gab mir neue Hoffnung.

Im Frühjahr 2009 saß ich in einem Pro-Christ-Gottesdienst, in dem es um ein Thema ging, das mich sehr ansprach: um das, was mein Leben bestimmt und ausmacht, und um die Frage, wovon ich mich (ver)führen lasse. Ich konnte nicht anders, als dort für mich beten zu lassen und den Neuanfang zu wagen. Endlich kam die Einsicht, dass ich mächtig viel falsch gemacht hatte, und es Zeit war, all das abzulegen.

Wenig später hielt ich auf einem Teencamp eine Bibelarbeit über „mein" Thema. Die Betroffenheit war groß, denn jeder kannte jemanden, dem es ähnlich ging wie mir, oder hatte selbst einmal ein Problem damit. Ich konnte nur jedem der Teilnehmer Mut machen und sagen: „Du bist nicht allein!"

Gott liebt uns und möchte uns aus unseren Verstrickungen befreien – und er schenkt uns immer wieder die Chance, neu anzufangen. Genau das habe ich erlebt!

Michael Seiler, 21

Das kleine Loch mit der großen Auswirkung

„Hey Jonas, du bist doch am Sonntag im Gottesdienst? Dann kannst du doch sicher ..." Solche und andere Sätze habe ich im Sommer 2007 oft gehört. Ich war ja Schüler und hatte schließlich Zeit! Meine Fähigkeiten und mein Glauben hatten sich in der Gemeinde herumgesprochen. Wenn für die Technik im Gemeindehaus oder die Durchführung einer Gruppenstunde etwas zu tun war, wurde ich angerufen. Meine Eltern haben mich so erzogen, dass ich eine Aufgabe übernehme, wenn ich sehe, dass niemand sonst sie machen will. Die Arbeit für die Schule und die Gemeinde wurde aber immer mehr. Dazu kamen dann noch die Ligaspiele im Tischtennis und natürlich die Trainingsstunden. Zunächst habe ich gar nicht bemerkt, dass es eigentlich zu viel war. Ich hatte immer zu tun, und die freie Zeit, die ich noch hatte, füllte mein Computer aus.

Die Mitarbeit in der Gemeinde war mir in dieser Zeit besonders wichtig. Ich wollte viel tun, helfen, mitarbeiten, vorbereiten ... Was mich angetrieben hat? Meine Erziehung und die Verse Johannes 15,1–2: „Ich bin der wahre Weinstock und mein Vater der Weingärtner. Eine jede Rebe an mir, die keine Frucht bringt, wird er wegnehmen; und eine jede, die Frucht bringt, wird er reinigen, dass sie mehr Frucht bringe." Das machte mir Angst. Wer keine Frucht bringt, wird von Jesus getrennt. Ich hatte mich seit meiner Bekehrung 2003 immer mehr unter Druck gesetzt. Ich wollte unbedingt „Frucht bringen". Ich wollte etwas erreichen. Ich musste etwas tun. Es war wie eine Schlinge, die sich immer weiter zuzog. Ich warf mir vor: Seit vier Jahren bist du nun schon Christ und hast immer noch keinen Freund bekehrt! So langsam muss das doch mal klappen!

Mein Aktionismus spitzte sich immer mehr zu: samstags Volleyball spielen, Tontechniker in der Gemeinde, Mannschaftsführer im Tischtennis, Hausaufgabenhilfe und Seelsorger für Freunde, Mitarbeiter in der Jungschar, Trompeter im Posaunenchor und vieles mehr. Immer mehr Arbeit und Verantwortung. Es steigerte sich ins Endlose ...

... bis das Ende der Fahnenstange erreicht war. Es war an einem Donnerstag mitten in der Zeit, in der viele Klausuren anstanden. Ich war leicht erkältet, schleppte mich aber trotzdem in die Schule. Nachmittags war ich dann völlig erledigt. Nichts ging mehr. Keine Hausaufgaben, kein Computer, kein Jugendkreis. – *Na ja, schläfst du eben mal aus und morgen geht's wieder.* Es klappte. Freitagmorgen war ich einigermaßen fit und konnte in die Schule. Die Hausaufgaben erledigte ich vorher noch schnell im Bus. Der Gong zum Unterrichtsende war noch nie so erleichternd wie an diesem Tag. Ich fiel buchstäblich aus dem Klassenraum und hinein in den stickigen Bus. Zuhause angekommen, habe ich mich dann gleich aufs Sofa gelegt und geschlafen. Meine Nase war zu, mein Hals angeschwollen und meine Augen tränten. Ich war jetzt richtig krank. Pflichtbewusst wie immer sagte ich die Jungschar ab und versuchte, Ersatz für das Anspiel zu bekommen.

Ich schlief lange und tief. Am Abend wachte ich noch einmal auf und stellte fest, dass ich kaum noch atmen konnte. Meine Brust fühlte sich an, als würde ein Sandsack darauf liegen, mein Hals war wie zugeschnürt. Das Reden und auch das Ausatmen fielen mir schwer. Die Entscheidung, zum Arzt zu gehen, war zunächst nicht leicht, und ich musste meine Mutter schließlich dazu überreden. Wie immer wurde ich nämlich am Wochenende und außerhalb der Praxisöffnungszeiten krank. Zum Glück verfügt unser Ort über einen ärztlichen Notdienst. Nach kurzer Wartezeit, die mir ewig lang vorkam, befragte mich dann dort eine Ärztin. Mit Händen, Füßen und der Hilfe meiner Eltern erklärte ich der Frau, dass ich bisher nur erkältet war, nun keine Luft mehr bekam und auch kein Asthma habe. Die Inhalation einiger Mittelchen brachte keinen Erfolg und so wurde ein Krankenwagen gerufen. Und jetzt begann die Odyssee ...

Der Notarzt spritzte mir einige Medikamente, sodass es bald besser wurde. Meinen Eltern wurde gesagt, dass sie mich ins nächste Krankenhaus mit einer Lungenfachstation bringen. Der kleine und der große Zeiger meiner Uhr hatten zu diesem Zeitpunkt die Zwölf schon hinter sich gelassen. Es war inzwischen Samstagnacht, die Autobahn also frei. Mein Kopf wurde so langsam wieder klar und ich hörte, wie der Fahrer sich freute. Er genoss es, auf der dreispurigen Autobahn mit fast 200 Sachen entlangzubrettern und tat seine gute Laune lautstark kund.

Die Sanitäter brachten mich in die Notaufnahme des Krankenhauses. Blutabnehmen und Blutdruckmessen, ein stark betrunkener Mann und meine Eltern; mehr bekam ich nicht mit, da ich endlich wieder schlafen konnte und das auch tat.

Einige Zeit später wachte ich wieder auf, weil mich eine Pflegerin in meinem Bett zum Aufzug schob. Die Ärzte wollten mich durchleuchten, um herauszufinden, was mir fehlte. Nach der Röntgenaufnahme konnten sie nun Einiges ausschließen, wussten aber immer noch nicht, was los war. Auf dem Bild war lediglich ein „Schatten" zu erkennen.

Als ich das nächste Mal aufwachte, bekam ich das Frühstück gebracht – und die Nachricht, dass ich noch einige Zeit im Krankenhaus bleiben müsste. So begann ich mich also „einzurichten". Ich räumte meine Tasche aus und verstaute meine Sachen im Schrank. In der Mittagszeit kam der Stationsarzt und berichtete mir: „Wir wissen nicht genau, was du hast, aber es hat etwas mit deiner Lunge zu tun. Da wir ratlos und überfüllt sind, wollen wir dich verlegen. Pack schon mal deine Sachen und dann wirst du abgeholt."

Na super. Ich war gerade fertig und wollte mich wieder ins Bett legen, da sagte jemand: „Du kannst stehen bleiben. Wir nehmen dich jetzt mit." Als ich mich umdrehte, sah ich zwei Sanitäter. Einer nahm sich meine Tasche, der andere schnürte mich auf der Trage fest. Der zweite Krankenwagen für heute wartete schon auf mich.

Im Inneren des Wagens begrüßte mich der Notarzt und setzte sich neben mich. Er schaute auf die Überwachungsgeräte, an die ich jetzt angeschlossen war und gab das Kommando zum Abfahren. „Los geht's. Und zwar Feuer frei!" Es ging los. Vollgas, Blaulicht und Martinshorn.

„Keine Angst, dir geht's gut. Ich habe nur keinen Bock, an den Ampeln anzuhalten." Und schon widmete sich der Notarzt wieder seinem Kreuzworträtsel. Seine lockere Art war mir eine willkommene Ablenkung und beruhigte mich. Es funktionierte: Ich machte einfach die Augen zu und schlief.

Nun war ich in der nächstgrößeren Stadt in der Uniklinik angekommen. Während ich in einem Zimmer in irgendeinem Keller lag und abwechselnd untersucht wurde und wartete, machte ich mir schon langsam wieder Sorgen. Für dieses Wochenende stand schließlich Volleyball und ein Auftritt mit dem Posaunenchor an!

„So, jetzt können wir dir sagen, was mit dir los ist. Da hat sich Wasser oder etwas anderes um deine Lunge gebildet. Ab sofort bleibst du im Bett. Wir haben aber auf der Station keinen Platz mehr, weil wir gerade umbauen. Du bist ja noch 16, wir verlegen dich in die Kinderklinik." Nach weiteren dreißig Minuten kam der dritte Krankenwagen an diesem Samstag. Es war zwar immer spannend, da ich klar im Kopf war und jedes Mal mit einem anderen Modell fuhr, doch ich hatte einfach keine Lust mehr. Ich wollte meine Eltern wiedersehen und endlich wissen, wo ich bleiben kann. Langsam wurde mir klar, dass das eine längere Geschichte werden würde und versuchte mich darauf einzustellen.

Nach weiteren dreißig Minuten kam der dritte Krankenwagen an diesem Samstag.

Als ich dann endlich in der Kinderklinik ankam, fanden mich auch meine Eltern wieder. Es gab nur ein Problem: das Bett. In der Kinderklinik sind die Betten nur 140 Zentimeter lang. Ich bin aber 179 Zentimeter groß ... So versuchte ich also, zusammengerollt und mit einem schreienden Kind im Bett neben mir einzuschlafen.

Am nächsten Morgen wachte ich in einem anderen Zimmer und in einem größeren Bett auf. Nach einer Untersuchung im Magnetresonanztomografen wurde mir dann die endgültige Diagnose gestellt: „Du hast etwas relativ Seltenes: ein Loch in deiner Lunge – vermutlich durch zu starkes Husten verursacht. Aus diesem Loch strömt Luft aus und sammelt sich jetzt in deinem Brustkorb. Vielleicht steigt sie noch auf und verteilt sich dann in der Schultermuskulatur und unter der Haut deines Halses. Behandeln können wir das nicht. Entweder es bildet sich von allein zurück oder wir müssen operieren, und dann musst du sehr lange im Krankenhaus bleiben." *Nein, bloß das nicht! Ich werde doch da draußen gebraucht.* An etwas anderes konnte ich nicht denken.

So lag ich also dort, völlig hilflos, zu groß und zu schwer für alle Geräte und die kleinen Essensportionen. Es war eine Qual für mich: kein Internet, keine Orientierung und in den ersten Tagen auch kein Telefon. Ich war abgeschnitten. Ich konnte das Tischtennisspiel nicht absagen, keinen Ersatz für mich besorgen und auch sonst nichts tun außer fernsehen und warten. Alle zwei Stunden bekam ich eine neue Infusion, Medikamente gegen die Erkältung und der Blutdruck wurde gemessen. Nicht nur durch die ärztlich verordnete Bettruhe, sondern auch durch einen Sauerstoffschlauch und einige Kabel war ich ans Bett gefesselt.

Ich bekam täglich Besuch von verschiedenen Ärzten. „Ich bin jetzt schon über 15 Jahre Professor für Medizin an dieser Uni, aber dass eine Lunge reißen und sich so viel Luft unter der Haut ansammeln kann, weiß ich nur aus Büchern. Darf ich mal fühlen?" Es kamen bestimmt 30 Studenten, Doktoren und Professoren, um einmal bei mir an Brust und Hals nach den Luftbläschen zu tasten. Auch meine Eltern und Verwandte besuchten mich und unser Pastor kam vorbei. Er sprach mit mir und las mir einen Psalm vor. In diesem Moment begriff ich, dass ich jetzt auf Gott vertrauen musste. Weder ich noch die Ärzte waren in der Lage, etwas an der Situation zu ändern. Ich war ganz auf Gottes Hilfe angewiesen. Nach einem längeren Gebet war ich endlich richtig entspannt. Ich legte mich ganz in Gottes Hand und konnte jetzt beruhigt schlafen.

Und dann erlebte ich, wie Er die ganze Geschichte zu einem guten Ende führte. Das Loch in meiner Lunge schloss sich von selbst, die Luft löste sich auf und ich konnte nach

14 Tagen wieder nach Hause. Dort stellte ich fest, dass die Welt sich auch ohne mich weitergedreht hatte! Ich begriff endlich, dass ich ganz klein bin und alleine nichts bewirken kann.

Es blieben keine großen Schäden an meiner Lunge zurück, was bei einer solchen Verletzung nicht normal ist. Heute mache ich meine Arbeit in der Gemeinde mit Freude und der Gewissheit, dass Gott bei mir ist und mich liebt, egal was passiert. Es lohnt sich, auf Gott zu vertrauen, auch wenn die Götter in Weiß nicht mehr helfen können. Mein Leben ist wieder ins Lot gekommen und macht wieder Spaß.

Meine Lektion, die Gott mir durch die Zeit im Krankenhaus erteilt hat, war: Man sollte bei allen Dingen bedenken, ob sie Sinn ergeben und was Gott davon hält. Wenn man das berücksichtigt, dann ist es vielleicht nicht nötig, dass Gott so deutlich die „Handbremse" zieht, wie er es bei mir getan hat.

Solltest du trotzdem einmal in eine schlimme Situation kommen, lies doch einmal den Psalm 121:

„Ich hebe meine Augen auf zu den Bergen. Woher kommt mir Hilfe? Meine Hilfe kommt vom Herrn, der Himmel und Erde gemacht hat. Er wird deinen Fuß nicht gleiten lassen, und der dich behütet, schläft nicht." Psalm 121,1-3; LÜ

Jonas Hofmann, 18

The Miracle Maker – der Wundermacher

Schaf. Oder lateinisch: ovis. So haben sie mich immer genannt. Für viereinhalb Jahre war das der Spitzname, den meine Klasse mir gegeben hatte. Meine beste Freundin und ich, das waren die Außenseiter – die, die niemand in seiner Arbeitsgruppe haben wollte, mit denen keiner ein Referat freiwillig machte und die, die im Sportunterricht immer als Letzte ausgewählt wurden.

Das war ich: eine kleine, graue Maus, deren Herz mit jedem neuen Tag bitterer und härter wurde, bis die Seitenhiebe ihr nichts mehr anhaben konnten. Ein einsames, junges Mädchen, das sich nur noch auf sich selbst und niemanden sonst verließ und niemandem mehr vertraute. Nicht mal Gott.

In dem Sommer, bevor ich in die 11. Klasse kam, passierten auf einmal viele Dinge, die mich tief verletzten und die bis heute ihre Spuren hinterlassen haben. Plötzlich stand ich völlig allein in meiner Klasse. Meine beste Freundin war zu einem Austauschjahr in Amerika. Aus dem Zweigespann wurde eine Einzelkämpferin, die an der Situation zu ersticken drohte.

Ich fing an, in der Schule viel zu fehlen. In den ersten drei Wochen des Schuljahres war ich von zwölf Schultagen vielleicht an fünf oder sechs Tagen anwesend. Ich machte mir keine Gedanken darüber, was das für mich bedeutete oder was meine Eltern sagen würden, wenn sie es herausfanden. Ich war introvertiert, depressiv und hatte eine „Mir ist alles egal"-Haltung. Mir war inzwischen alles gleichgültig in meinem Leben. Auch Gott.

Das ging eine Weile so weiter, bis meine Mutter bei einem Elternabend von meinem Klassenlehrer auf mein häufiges Fehlen angesprochen wurde und alles rauskam. Glücklicherweise konnte meine Mutter alles so regeln, dass es recht wenig Ärger gab, aber im Grunde war mir auch das egal. Ich fühlte mich so alleingelassen!

Schon vor einigen Jahren entdeckte ich meine Leidenschaft und Begabung für Sprachen, besonders für Englisch. Weil ich aber mit Latein zunehmend Probleme hatte, stieg ich in der 11. Klasse auf Französisch als zweite Fremdsprache um – mit dem Ziel, den sprachlichen Zweig für meine Abiturprüfungen zwei Jahre später zu wählen. Auf einmal tauchte aber ein großes Problem auf: Mit jenem Kurs konnte man diesen Zweig gar nicht belegen!

In dem Moment, als ich das erfuhr, brach meine Welt in sich zusammen. Mit Tränen in den Augen kam ich nach Hause und erzählte meiner Mutter diese Neuigkeiten. Für mich war alles vorbei. Vor meinem inneren Auge sah ich schon mein Abitur, den Traum als Englischlehrerin, all das, was ich für mein Leben geplant hatte, untergehen.

Und dann schlug meine Mutter mir auch noch vor, dafür zu beten, dass alles wieder in Ordnung kommt ... Aber ich wollte und konnte nicht richtig beten. Schon so oft hatte ich mich von Gott vernachlässigt gefühlt, hatte dieses Gefühl der Nähe vermisst, das ich normalerweise spürte, wenn ich in seiner Gegenwart war.

Ich war am Ende.

Tags darauf konnte ich dem Unterricht überhaupt nicht folgen. Ständig hatte ich meine „verlorene Zukunft" vor

Augen. An dem Abend sollte in Lemgo ein Konzert der christlichen Rockband „Delirious?“ stattfinden. Ich fühlte mich ganz und gar nicht danach, mitzufahren, aber irgendwie schaffte meine Mutter es doch, mich zu überreden.

Wenn ich heute auf den Tag zurückschaue, treten mir immer noch die Tränen in die Augen, und ich merke, dass trotz aller Umstände, die mir in dem Moment die Luft zum Atmen nahmen, Gott immer da war.

Ich genoss das Konzert, zumal ich die Musik der Band sehr gern hatte. Aber was der Sänger Martin Smith dann vor einem der Songs sagte, traf mich mitten ins Herz:

Mit jeder gesungenen Zeile wurde dieses Gefühl stärker, dass Gott bei mir ist.

„Dieser Song ist für alle, die ein Wunder brauchen, auf welche Art auch immer.“

Toll, dachte ich, *was für ein Wunder kann mir denn jetzt noch helfen?*

Und dann erklang das Lied „Miracle Maker“ (auf Deutsch: „Wundermacher“). Mit jeder gesungenen Zeile wurde dieses Gefühl stärker, dass Gott bei mir ist, und mit jedem Wort wuchs dieses Vertrauen in ihn weiter. In dem Lied geht es darum, dass Gott uns genau dann verändert, wenn es uns am schlechtesten geht. Es heißt dort, dass man vor dem Wundermacher steht und ihm sein Leben anvertrauen kann, weil man selbst nicht mehr weiter weiß. Dass man im Vertrauen zu ihm, der auch heute noch Wunder tut, weitergehen kann.

Am Dienstag hatte ich mit meiner Mutter ein Gespräch an einer anderen Schule und am Montag darauf wurde ich in einer neuen Klasse sehr herzlich willkommen geheißen. Anstatt Französisch konnte ich jetzt Spanisch lernen, was mir wesentlich besser liegt, und vor allem: Ich konnte den sprachlichen Zweig belegen! Das Beste aber war: Keiner gab mir doofe Spitznamen mehr oder grenzte mich aus. Ich war einfach Teil der Klasse. Punkt.

Mein Wunder war passiert!

Eine neue Schule, eine neue Klasse und ich mittendrin.

Dass ich heute auf diese Krisenzeit mit einem – wenn auch etwas traurigen – Lächeln zurückblicken kann, verdanke ich meiner Mutter und meiner Familie, die sich um alles gekümmert und zu mir gehalten hat. Vor allem aber danke ich Gott, weil ich fest davon überzeugt bin, dass er alle Weichen gestellt hat, die meinen Schulwechsel so schnell möglich gemacht haben. Mittlerweile habe ich das Abitur mit 1,9 bestanden, und auch eine Zusage für meinen Studienplatz erhalten, der mich meinem Traum als Englischlehrerin ein Stück näher bringt. Jetzt kann ich auf die letzten drei Jahre zurückschauen und sagen: Ja, Gott hat mich in meiner dunkelsten Stunde verändert, weil ich mein Vertrauen auf ihn gesetzt habe. Gott hat aus dem, was mich kaputtgemacht und verletzt hat, etwas Gutes gemacht. Ich kann vor mich hin grinsen, weil ich weiß, dass Gott immer bei mir ist – und egal, was auch passiert, Gott aus allem etwas Gutes machen kann. So wie es in einem meiner Lieblingslieder von „Superchick“ heißt:

„Nachdem all das hier vorbei ist,
werde ich immer noch da sein
Nachdem ich das letzte Mal geweint habe,
wird dort Schönheit aus Schmerz sein
Obwohl es nicht heute sein wird
Eines Tages werde ich wieder hoffen
Und dort wird Schönheit aus dem Schmerz entstanden sein
Du wirst Schönheit aus meinem Schmerz machen.“

Lisa Marie Geiges, 19

Vor Selbstmord bewahrt

Ich war schon mit meinen zwölf Jahren an den Tiefpunkt meines Lebens gelangt. Es fing alles bei meinen Freundinnen Rahel und Julia an ...

Wir waren in der 5. und 6. Klasse immer eine 3er-Clique. Wir machten alles zusammen, teilten alles und lachten miteinander über die gleichen Sachen.

Doch dann passierte etwas, mit dem ich nie gerechnet hatte: Rahel und Julia unternahmen immer mehr mit anderen. Ich konnte das überhaupt nicht verstehen, denn wir waren ja die besten Freundinnen. Während Rahel und Julia mit anderen rumhingen und quatschten und lachten, saß ich nur auf meinem Platz. Ich fühlte mich wie ein Außenseiter. Im Nachhinein würde ich mich auch zu den anderen Mädels stellen, aber in dem Moment konnte und wollte ich das nicht. Ich fühlte mich vernachlässigt und nicht wertvoll genug, um mich zu den anderen zu gesellen. So blieb ich zuerst ein paar Wochen, dann ein paar Monate alleine und schweigsam auf meinem Platz. Mit jedem Tag, an dem ich die beiden mit den anderen Mädels sah, wurde es schlimmer.

Dann endlich nahm ich meinen ganzen Mut zusammen und fragte Rahel, warum sie nichts mehr mit mir unternahmen. Rahel sah mich an und meinte, dass sie doch auch andere Freunde haben kann und haben möchte und nicht die ganze Zeit mit mir rumhängen wollte. Als sie merkte, dass sie mich verletzt hatte, sagte sie, ich solle mir doch auch neue Freundinnen suchen. Doch das sagte sie so einfach! Ich versuchte es ja. Aber die anderen waren schon lang in ihren Cliquen und wollten niemand Neues haben. In dieser Zeit ging es mir wirklich echt schlecht. Und dann kam ich an einem Tag auf den Gedanken, einfach aus dem Fenster zu springen ... Ich würde dann ja sowieso in den Himmel kommen, dachte ich mir. Zu diesem Zeitpunkt war ich schon Christ, doch ich habe eigentlich nur gebetet, wenn ich Jesus brauchte. Einen Tag später wollte ich meinen Plan in die Tat umsetzen.

Nach der Schule ging ich in mein Zimmer, öffnete das Dachfenster und kletterte aufs Dach. Doch plötzlich hörte ich eine Stimme.

Nach der Schule ging ich in mein Zimmer, öffnete das Dachfenster und kletterte aufs Dach. Doch plötzlich hörte ich eine Stimme, sah aber niemanden. Und die Stimme sagte: „Hey, mein geliebtes Kind! Warum willst du vom Dach springen und dir das Leben nehmen?" Ich antwortete: „Weil ich keine Freunde mehr habe!" Und dann sagte die Stimme: „*Ich* will dein Freund sein!"

Dieser Satz brachte mich sehr ins Nachdenken. Ich kletterte unter Tränen zurück in mein Zimmer und fragte mich, was das für eine Stimme war. Ich saß lange da, überlegte und weinte. Jetzt im Nachhinein weiß ich, dass Gott es war, der zu mir gesprochen hatte und mein Leben gerettet hat!

Im 7. Schuljahr kam ich in eine neue Klasse, wo ich schnell mit ein paar netten Mädels ins Gespräch kam und sich wirklich Freundschaften entwickelten. In manchen Pausen ging ich auch in die Parallelklasse und quatschte mit Rahel. Und an einem Tag kam sie dann auf mich zu und sagte: „Lisa, ich find's echt klasse, dass du jetzt auch neue Freundinnen gefunden hast!" Dieser Satz beschäftigte mich noch eine ganze Weile, denn ich wusste, dass Gott sie mir in dieser Zeit geschenkt hatte.

Lisa Walther, 14

Ein Gott,
der dich liebt

„Ich habe nie aufgehört,
dich zu lieben.
Ich bin dir treu
wie am ersten Tag."

Jeremia 31,3; GN

Von Jesus bewegt – und geliebt

Christival 2008 in Bremen – eine Erfahrung mit Gott, die wohl niemand, der dabei war, so schnell vergessen wird: 16.000 Jugendliche, die gemeinsam immer wieder bekennen: „Jesus, You're the only One that I could live for!"

Mit den Straßenbahnen, die bis zum Bersten vollgestopft sind, durch die Stadt zu fahren, macht richtig Spaß, weil immer fröhlich gesungen wird. Obwohl schlechtes Wetter, sogar Regen und Sturm angekündigt war, haben sich wahrscheinlich die meisten „Christivaller" bei der Abschlussveranstaltung einen Sonnenbrand geholt – für mich war es der schönste Sonnenbrand meines Lebens.

Doch das ist nicht alles, was ich aus Bremen mitgebracht habe. Neben wundervollen Erinnerungen habe ich auch etwas Materielles mit nach Hause genommen. Es mag nichts Großes oder besonders Spektakuläres sein, aber mir bedeutet es sehr viel.

Ich entdeckte es in einem der blau-weiß gestreiften Zelte, die hinter dem Hauptbahnhof aufgebaut waren und von Anfang an meine Neugier weckten. Doch weil sich in diesem Bereich auch viele Anti-Christival-Demonstranten aufhielten, war ich zuerst skeptisch und schaute mir die Zelte nicht näher an. Schließlich siegte die Neugier, und gemeinsam mit zwei Freundinnen stellte ich fest, dass es innerhalb der Umzäunung um das Gleichnis vom verlorenen Sohn ging. In einem der Zelte konnte man einen kleinen Film sehen, der die Geschichte anhand von Spielzeugmännchen nacherzählte. Auch ein Labyrinth war nachgestaltet worden, um die Suche des verlorenen Sohnes nach dem richtigen Weg und nach sich selbst bildlich darzustellen. Neben einem anderen Zelt stand ein ominöses rot-gelbes Gebilde, in das man „einsteigen" und sich in alle möglichen Richtungen drehen lassen konnte. Diese Installation verdeutlichte die Orientierungslosigkeit des jungen Mannes.

Was mich jedoch am meisten reizte, war ein anderes Zelt, aus dem die Geräusche eines schlagenden Hammers zu hören waren. Dort konnte man sich einen Ring „schmieden" – in Anlehnung an den Ring, den der verlorene Sohn bei seiner Heimkehr von seinem Vater bekam. Ich stellte mich also in die Schlange derer, die sich auch ihren eigenen Ring machen wollten.

Als ich endlich an der Reihe war, zerkleinerte ich zuerst einen alten Zinnteller, bis nur noch ein kleiner Haufen Zinnschnipsel übrig blieb. Diese Schnipsel wurden dann in einem kleinen Ofen geschmolzen und anschließend in eine Form gegossen. Die Hammerschläge, die man von draußen hörte, rührten daher, dass man während des Erkaltens auf die Form klopfte, damit sich der Ring leichter lösen konnte.

Danach wurde der Ring noch in Wasser abgekühlt und vorsichtig glattgefeilt. Zum Schluss legte der nette „Schmied" ihn auf ein großes rotes Kissen und überreichte ihn mir. Was er sagte, klang so, als seien seine Worte nur an mich gerichtet. Obwohl viele hinter mir standen und auf ihren Ring warteten und schon so viele vor mir da gewesen waren, nahm er sich Zeit, mich ruhig und freundlich lächelnd daran zu erinnern, dass ich Gott wichtig bin. Genau das war auf dem Ring eingeprägt: *Ich bin Gott wichtig*.

In diesem Moment fühlte ich mich wie jemand, der einen Orden verliehen bekommt, oder wie ein Knappe, der zum Ritter geschlagen wird. Oder wie eine Prinzessin. Als Gottes geliebtes Kind.

Heute trage ich den Ring an einer Kette. Wann immer ich ihn sehe oder berühre, huscht ein Lächeln über mein Gesicht und Freude in mein Herz, denn das Schmuckstück erinnert mich daran, dass ich von Jesus geliebt bin. Egal, was passiert – ob es mir gut oder schlecht geht, ob Menschen mich wegen meines Glaubens verachten oder ich von meinen „himmlischen" Brüdern und Schwestern umgeben bin, ob ich mich unbeachtet und unwichtig oder von allen bewundert fühle – eines ist sicher: *Ich bin Gott wichtig*.

In diesem Moment fühlte ich mich wie ein Knappe, der zum Ritter geschlagen wird.

Und das ist das Wichtigste.

Johanna Hofmann, 20

Gott liebt sogar die Braven

Supererkenntnis! Das ist doch selbstverständlich, dass Gott die Braven liebt.

Na ja – wenn ich auf meine Teenagerzeit zurückschaue, dann wundere ich mich ehrlich gesagt sehr, dass Gott an mir drangeblieben ist und mich nicht abgeschrieben hat.

Ich denke, man konnte mich zu Recht als ein braves Kind und einen braven Teenie beschreiben. Ich bin 1962 geboren und in einer sehr frommen Freikirche aufgewachsen – in einer Brüdergemeinde. Zum Glück war es keine von der ganz strengen Sorte. Hosen für Mädels, kurze Haare und Fernsehen waren okay. Tanzschule, Mitwirken im Schülertheater oder politisches Engagement waren allerdings tabu. An diese Tabus habe ich mich gehalten, obwohl ich sie nicht eingesehen habe.

Später habe ich mit meinem Mann die Tanzschule nachgeholt und bin heute eine ganz gute Regisseurin, wenn es um Theater in der Gemeinde geht, schreibe sogar selbst Theaterstücke und Anspiele. Schon als Teenager war ich der Meinung, dass Gott nichts gegen Theater und Tanzen hat – oder gegen die Teilnahme an Friedensdemos. Aber anstatt meine Glaubensüberzeugungen zu leben, habe ich mich den Überzeugungen meiner Eltern und der Gemeinde angepasst.

Dabei kam ich mir sogar ziemlich gut vor. War ich Gott etwa nicht gehorsam, wenn ich Vater und Mutter ehrte und auf das hörte, was die Ältesten der Gemeinde sagten?

Nun will ich hier niemanden aufrufen, rebellisch zu sein, einfach um der Rebellion willen. Menschen mit einer solchen Haltung gibt es ja auch, und sie haben ihre eigenen Probleme. Für alle „Zwangsrebellen" gibt es übrigens einen sehr weisen Satz: „Reife ist die Fähigkeit, das Richtige auch dann zu tun, wenn es die Eltern empfohlen haben."

Rebellion kann also sowohl falsch als auch richtig sein. Dasselbe gilt auch für das Bravsein. Und das war mein großes Problem: Ich war nicht etwa deshalb brav, weil ich gehorsam sein wollte, sondern weil ich den negativen Konsequenzen aus dem Weg gehen wollte. Gehorsam sein ist ja an und für sich – auch wenn es ein ziemlich altmodisches Wort ist –, im biblischen Sinn etwas Positives. Wenn ich Gott gehorche, obwohl es mir schwerfällt, dann vertraue ich darauf, dass er es besser weiß als ich. Aber ich verhielt mich unreif, weil ich durch meinen Gehorsam Unangenehmes um jeden Preis vermeiden wollte. Nicht, dass ich Angst vor Strafe gehabt hätte. Meine Eltern hätten mich nie zum Gehorsam geprügelt. Aber ich hatte einfach keine Lust auf Stress. Ich war bequem, hatte keinen Bock auf anstrengende Diskussionen und tat, was man von mir erwartete. Über die Stränge schlug ich höchstens dann, wenn ich ganz sicher sein konnte, dass es keiner mitbekam.

Nach außen sichtbar war nur das freundliche, höfliche, angepasste Gemeindekind. Auch in der Schule und meinen Freunden gegenüber war ich „brav". Mein Markenzeichen war meine Ausgeglichenheit. Niemals habe ich eindeutig für jemanden Partei ergriffen. Ich konnte alles Mögliche verstehen, Schuld schönreden und in Diplomatie war ich ein Meister. Deshalb hatte man mir auch den Spitznamen „Friedenstaube“ verpasst. Und darauf habe ich mir sogar etwas eingebildet! War ich etwa nicht voll auf Jesu Linie, wenn er sagt: „Selig sind die Friedenstifter“? Sehr viel später habe ich erkannt, dass man auch aus egoistischen Motiven friedfertig sein kann. Weil ich nie jemanden angriff, war mir auch nie jemand böse. Sicher, ich praktizierte Nächstenliebe – aber manchmal lebte ich sie auf Kosten der Wahrhaftigkeit. Und dadurch ersparte ich mir eine Menge Stress. Meine beste Freundin auf dem Gymnasium war das krasse Gegenteil von mir. Wahrhaftigkeit war ihr so wichtig, dass sie sich dauernd in die Nesseln setzte. Sie sagte, was sie dachte, prangerte völlig undiplomatisch an, was sie als ungerecht empfand. Damit machte sie sich oft unbeliebt – auch bei manchen Lehrern, was sich dann in ihren Noten niederschlug. Ja, es gab Situationen, in denen sie lieblos und unsozial war, aber für ihre besten Momente habe ich sie bewundert. Bei allen Schwächen, die ihr Charakter hatte: Sie war mutig. Ich dagegen war oft feige und behielt meine Gedanken für mich. Neben meiner Bequemlichkeit gab es also noch einen Grund für mein „Bravsein“: Ich wollte möglichst von allen gemocht werden.

War ich etwa nicht voll auf Jesu Linie, wenn er sagt: „Selig sind die Friedenstifter“?

Und in diesem Bestreben, gut dazustehen und von allen geliebt zu werden, lag die Ursache für meine größten Sünden. Manchmal habe ich meine Wirkung auf andere sogar eiskalt berechnet.

Hier ein Beispiel, für das ich mich heute noch zutiefst schäme, wenn ich daran denke – obwohl ich weiß, dass Gott mir das schon lange vergeben hat. Ich war damals ungefähr zehn. Das hört sich jung und unschuldig an, aber ich war sehr weit für mein Alter und wusste genau, was ich tat ...

Übers Wochenende war ich bei meinen Großeltern. Meine Oma hatte nachmittags Besuch von zwei älteren Herren aus der Gemeinde. Ich saß brav dabei, während sie sich unterhielten, und lauschte. Das Gespräch drehte sich unter anderem um ein Spendenprojekt. Es ging um Kinder in der Dritten Welt, und das spärliche Wachsen des Spendentopfes wurde beklagt. Irgendwann stand ich auf, holte eine Mark aus meiner Geldbörse und gab sie einem der Herren mit den Worten: „Ich möchte auch etwas für diese armen Kinder geben." Das war ja nun zweifellos eine gute und brave Tat, gegen die nichts einzuwenden ist. Aber das Schlimme war: Ich wusste vorher ganz genau, dass die lieben alten Leute sich vor Begeisterung über mich überschlagen würden. Mir war klar, dass sie mich überall als Vorbild loben würden. Und ich hatte kalkuliert, dass die eine Mark mir nicht wehtun würde.

Bravsein aus niedrigen Motiven ist eine Riesenschweinerei, oder nicht? Deshalb fand ich es so erstaunlich, dass Gott an mir drangeblieben ist. Er kannte mein Herz. Und trotzdem hat er sich nicht mit Grausen von mir abgewandt. Er ist mir nachgegangen, hat mir die Augen geöffnet, damit ich sehen konnte, wie ich wirklich bin. Und er ist immer noch dabei, mich Stück für Stück zu einem wahrhaftigeren Menschen zu machen.

Deshalb liebe ich einen Song von Albert Frey so sehr – er gehört zu meinen Lieblingsliedern. Dort heißt es im Refrain:

„Und ich danke dir, dass du mich kennst
und trotzdem liebst.
Und dass du mich beim Namen nennst
und mir vergibst.
Herr du richtest mich wieder auf

Und du hebst mich zu dir hinauf.
Ja, ich danke dir, dass du mich kennst
und trotzdem liebst."

Annekatrin Warnke, 47

Eine ganz besondere Liebeserklärung

Ich stand im Nieselregen an einem See und starrte auf das Lichtspiel der untergehenden Sonne. Sie spiegelte sich im Wasser und der Himmel war in orange-rotes Licht getaucht. Den leichten Regen bemerkte ich kaum. Alle anderen hatten sich seit dem Sturm in ihre Hütten zurückgezogen, und so war es jetzt am See ganz still.

Ich war seit einer Woche auf einer Freizeit in Polen. Da ich seit einem Jahr alleine in einer kleinen Bude wohnte, genoss ich es die meiste Zeit, so viele Leute um mich zu haben. Aber jetzt wollte ich allein sein. Noch während der Sturm tobte, sprach ich mit Jochen, der hier auf der Freizeit Andachten für uns hielt. Mit all meinem Mut, den ich zusammenkratzen konnte, vertraute ich ihm meine Angst an, in Gottes Augen nicht gut genug zu sein. Es hatte mich viel Überwindung gekostet, vor Jochen meine Fehler auszusprechen. Ich glaubte, dass Gott mich wegen dieser Dinge ablehnen würde – und auch andere, wenn sie davon erfahren würden. Ich ging von Kindheit an regelmäßig in die Gemeinde und liebte Gott, aber oft ließ mich das Gefühl nicht los, nicht beten zu können. Und meine Fehler, die immer wieder passierten, erschienen mir unverzeihlich. All das hatte ich nun zum ersten Mal offen ausgesprochen.

Als ich jetzt am See stand, ging mir vor allem eine Antwort durch denn Kopf, die Jochen mir gegeben hatte: „Du hast Schwierigkeiten zu beten, weil du Gott nicht glauben kannst, dass er dich liebt. Du zweifelst immer wieder daran, weil du dich nicht für liebeswert hältst. Aber Gott liebt dich so wie du bist. Geh an den See und schau dir den Sonnenuntergang an. Dieses Farbenspiel ist eine Liebeserklärung Gottes an dich." Das hatte bei mir wie ein Blitz eingeschlagen.

Während mein Haar inzwischen fast ganz nass geworden war und die Sonne langsam unterging, wiederholte ich in meinem Inneren immer und immer wieder die Worte: *Gott liebt mich, Gott liebt mich, Gott liebt mich.* Und mit einem Mal stiegen Bilder in mir hoch, von denen ich geglaubt hatte, sie für immer vergessen zu haben.

Ich sah mich im Alter von elf Jahren in der Schule sitzen. Starr schaute ich auf den Boden, bemüht, den anderen nicht zu zeigen, wie sehr ich von den „Igitt"-Rufen und den vielen Beleidigungen verletzt war. Ich saß stets alleine am Tisch; der Platz neben mir war frei, weil die anderen behauptet hatten, es sei eklig, neben mir zu sitzen. Ich zählte in Gedanken die Minuten, die ich noch aushalten musste, bis ich mich nach Hause flüchten konnte, und rüstete mich im Inneren gegen alle Anfeindungen, die mir möglicherweise noch bevorstanden. Stumm sprach ich immer wieder vor mich hin: „Es macht mir nichts aus, es macht mir nichts aus." Während diese Erinnerungen in mir lebendig wurden, spürte ich zu meinem Erstaunen, dass es noch immer wehtat. Es war, als würde ich dieselbe schreckliche Situation von damals nochmals erleben. Doch plötzlich veränderte sich vor meinem inneren Auge das Bild. Ich hatte das Gefühl, dass mir Gott die Augen für etwas öffnete, was ich bisher nicht sehen konnte. Der Platz neben mir war gar nicht leer. Jesus hatte sich neben mich gesetzt und liebevoll den Arm um mich gelegt. Und er flüsterte mir ununterbrochen zu: „Ich bin bei dir“.

Jesus hatte sich neben mich gesetzt und liebevoll den Arm um mich gelegt. Und er flüsterte mir ununterbrochen zu: „Ich bin bei dir“.

Die Sonne war inzwischen hinter dem Horizont verschwunden, doch mir war trotz der Nässe und Kälte warm. Es tat so unheimlich gut zu erkennen, wie liebevoll Jesus zu mir gewesen war und an meiner Seite gestanden hatte, obwohl mich die gesamte Klasse ablehnte.

Heute kann ich mich nicht mehr an die Anfeindungen in der Schule erinnern, ohne nicht auch gleichzeitig daran zu denken, wie zärtlich Jesus zu mir ist. Und deshalb weiß ich nun seit dem Sonnenuntergang am See in Polen mit absoluter Sicherheit, dass Gott mich liebt.

Sandra Wagner, 27

Drei Euro

Ich habe, wie viele andere wahrscheinlich auch, in meinem Zimmer ein Kästchen stehen, in dem ich kleine Dinge aufbewahre, die mir wichtig sind und mich an etwas erinnern. In diesem Kästchen liegen seit heute auch drei Euro. Ich wollte mich zuerst weigern, sie anzunehmen, aber dann habe ich mich schließlich doch dazu überreden lassen, weil ich sonst keinerlei greifbare Erinnerung mehr hätte.

Die Geschichte dieser drei Euro begann vor knapp einem Jahr, als ich mich traute, das erste Mal in die Internet-AG meiner Schule zu gehen. Ich war zu diesem Zeitpunkt sehr schüchtern, aber ich hatte Glück: Außer mir war noch ein Mädchen im Kurs, und das schnappte mich sofort und textete mich so zu, dass ich mehr und mehr meine Schüchternheit überwinden konnte. Meine neue Mitschülerin half mir, begleitete mich, wir lachten viel und redeten die ganze Zeit miteinander ... bis sie gehen musste. Ich wollte so werden wie sie: offen für alle Menschen, frech, selbstbewusst, klug, immer hilfsbereit und nett. Nie mangelte es ihr an Gesprächsthemen. Wenn ich ein Vorbild habe, dann dieses Mädchen.

Vor knapp zwei Wochen war ich mit Freunden auf einem christlichen Rockfestival. In einer Pause, als wir völlig erledigt auf unsere Pizza warteten, ist eine Freundin plötzlich nachdenklich geworden und hat gefragt, ob wir gehört hätten, dass dieses Mädchen Selbstmord begangen haben soll. Ich konnte mir das überhaupt nicht vorstellen. Meine Schulkameradin war doch so ein fröhlicher Mensch! Nach dem Konzert kamen mir viele Gedanken. Und Schuldgefühle. Ich betete die ganze Zeit und wünschte mir, dass sie nicht tot ist, dass ich sie noch einmal umarmen und ihr sagen könnte, wie lieb ich sie habe. Ich machte mir Vorwürfe und fragte mich, ob ich irgendetwas hätte merken können. Aber dann stellte sich heraus, dass es ein Unfall war. Sie hatte ihren Schlüssel auf den Schienen verloren und wegen der lauten Musik, die sie über ihren MP3-Player hörte, den Zug nicht bemerkt. Und dann war es zu spät. Die Beerdigung war schrecklich. Alle haben geweint, die Mutter hat in ihrem Schmerz jeden Einzelnen laut weinend umarmt. Es gab auch eine Trauerfeier in der Schule und ein Buch, in das man Erinnerungen und die letzten Dinge, die man ihr sagen wollte, schreiben konnte.

Ich betete die ganze Zeit und wünschte mir, dass sie nicht tot ist.

Ich habe mir viele Gedanken gemacht. Es gab auch eine Zeit, in der ich nicht mal weinen konnte und das tat weh. Zum Glück habe ich wirklich gute Freundinnen, die mich verstehen. Und während dieser ganzen Zeit habe ich wieder einmal festgestellt, dass Gott mir am nächsten ist, wenn ich traurig bin. Wenn ich selber wieder nach ihm suche, weil ich ihn brauche. Wenn es mir einfach nur scheiße geht. Wenn ich mir Vorwüfe mache, wenn ich nach dem „Warum?“ frage. Wenn ich in Gedanken mit meiner Schulkameradin rede, wenn ich Gott dafür danke, dass ich sie kennenlernen durfte. Denn das tue ich in der Zwischenzeit. Ich erinnere mich an ein lachendes Mädchen, das meine Freundin und mein Vorbild war und das in mein Leben gekommen ist, es verändert hat und dann wieder gegangen ist. Und ich bin dankbar, dass Gott mir diesen Engel geschickt hat und freue mich darauf, ihn eines Tages bei Jesus wiederzusehen.

Ja, und heute kam der Lehrer, der die Internet-AG leitet, auf mich zu und gab mir drei Euro. Ich wusste sofort Bescheid. Sie hatte sich das Geld einmal von mir geliehen und immer vergessen, es zurückzugeben. Ich wollte die Münzen zuerst auf keinen Fall annehmen, aber als ich hörte, dass es ihren Eltern sehr wichtig sei, habe ich sie dann doch genommen.

Inzwischen habe ich mich an den Gedanken gewöhnt, dass das Einzige, was mich an diese Freundin erinnert, drei Münzen sind. Dabei ist Geld so schmutzig und wertlos im Vergleich zu dem, was wirklich zählt: Freundschaft und Liebe. Die Liebe Gottes. Und das Wissen, eines Tages bei Jesus zu sein – weil er uns liebt und für uns gestorben ist.

Kathrin Reinhardt, 18

Wie ich 256-mal Christ wurde

Es gibt eine Menge Menschen, die kurz davor waren, ihr Leben komplett gegen die Wand zu fahren und dann auf eindrucksvolle Weise Gott in Action erlebten. Ich persönlich gehöre leider nicht dazu. Ich beneidete diese Menschen abgrundtief! Denn sie alle hatten etwas, das mir fehlte: eine dramatische und für alle sichtbare Wendung in ihrem Leben. Einige Leute berichteten beispielsweise, wie sie in einem Sumpf aus Alkohol und Drogen versanken und sich alles nur noch um die Beschaffung des nächsten Stoffs drehte – bis ein Wunder geschah und Jesus sie befreite. Ein anderer erzählte von seiner Jugend in New York, wo er zu einem der berüchtigtsten Gangchefs aufstieg, von allen gefürchtet, aber innerlich zerrissen und dem Wahnsinn nahe. Dann begegnete Gott diesem Menschen und alles wurde anders.

Dramatische Lebenswenden sind das. Und eine solche Wendung – davon war ich überzeugt –, war notwendig, um ein richtiger Christ zu sein.

Ich wuchs in einem Umfeld auf, in dem immer wieder die Rede davon war, dass wir geistlich wiedergeboren werden müssten, und damit war ein eindrucksvolles „Bekehrungserlebnis“ gemeint.

Demnach muss es so etwas geben wie ein eindeutiges

„Vorher“ und „Nachher“, ein Leben ohne und ein Leben mit Gott. Damit hatte ich ein Problem! Ich war behütet und in einem christlichen Elternhaus aufgewachsen. Schicksalsschläge, Drogenkonsum und kriminelle Erfahrungen waren mir fremd. Ja, ich hatte noch nicht einmal eine rebellische Phase des Atheismus hinter mir. Stattdessen hatte ich schon immer irgendwie an Gott geglaubt und gleichzeitig aber auch meine Fragen und Zweifel gehabt. Wie sollte ich bei einem solch katastrophalen Rohmaterial eine vernünftige Bekehrung hinbekommen?

Natürlich gab es da die Option, wie der verlorene Sohn abzuhauen, mein Taschengeld zu verprassen und mich allen Sünden dieser Welt hinzugeben, um anschließend eine saubere Wiedergeburt hinzulegen. Das Problem an der Sache war nur, dass ich das gar nicht wollte. Außerdem, so beschlich mich der Verdacht, wäre das vermutlich nicht ganz im Sinne Gottes gewesen.

Also gab es nur noch eine zweite Möglichkeit. Wenn es schon kein Schwarz vor dem Weiß gab, sondern nur ein mittelmäßiges Durchschnittsgrau, dann musste das Weiß danach eben besonders strahlend sein.

Meine erste Bekehrung, an die ich mich erinnern kann, fand im Rahmen einer Evangelisation in unserer Gemeinde statt. Ich weiß nicht mehr genau, wie alt ich war, nicht wesentlich älter als zehn jedenfalls. Man hatte einen Pastor zu einer Veranstaltungsreihe eingeladen und zugleich auch alle Leute aus der Nachbarschaft, um ihnen das Evangelium nahezubringen. Der Pastor kam. Bei den Nachbarn war die Erfolgsquote, fürchte ich, etwas geringer, aber möglicherweise saßen auch ein oder zwei von ihnen im Gemeindesaal. Wie dem auch sei, jedenfalls bat ich Jesus bei einer dieser Abendveranstaltungen, mein Leben in seine Hand zu nehmen. Ich fühlte mich auch ganz gut in den nächsten Tagen. Aber das Gefühl ging im Alltag rasch verloren. Bald schon merkte ich, dass ich die selben Fehler machte wie zuvor, dass ich oftmals überhaupt nicht an Gott dachte und auch nicht „heiliger" geworden war. Irgendwas war schiefgelaufen.

Und so begann die Geschichte meiner 256 Bekehrungen. Ich gebe zu, ich habe sie nicht wirklich gezählt, aber rein gefühlsmäßig müssen es etwa so viele gewesen sein. Immer wieder, über viele Jahre hinweg, versuchte ich, eine klare Wendung in meinem Leben herbeizuführen – vergeblich. Das Gefühl ewiger Erlösung wollte sich einfach nicht einstellen. Die Zweifel blieben, die Fehler auch, und das Empfinden, Gott nahe zu sein, verhielt sich umgekehrt proportional zur Anzahl der Pickel, die mit fortschreitender Pubertät auf meiner Stirn sprossen. Nicht gerade hilfreich war die Tatsache, dass in jener Zeit ein Pastor in unserer Gemeinde war, der tief im Herzen für die Heidenmission lebte, ungeachtet der Tatsache, dass sich eher selten ein Heide in unsere Räumlichkeiten verirrte. Mindestens jeden zweiten Sonntag rief er dazu auf, sich ganz Gott hinzugeben. Zumindest bei mir hatte er Erfolg. Ich wurde Weltmeister im Christwerden.

Wenn Gott nicht Gott wäre, hätte er vermutlich irgendwann völlig verärgert abgewinkt und den dicken Stapel meiner Bekehrungsgebete an mich zurückgesandt. Vielleicht hätte ganz oben ein himmlischer Notizzettel geklebt, versehen mit der Mitteilung:

Du nervst!

Mit freundlichen Grüßen
Gott

Stattdessen ertrug er mit großer Geduld meine ständigen Mitteilungen, dass ich von nun an ganz zu ihm gehören wollte.

Gott ertrug meine Zweifel und meine Verzweiflung. Er erduldete, dass ich ihm misstraute. Er bestrafte mich nicht dafür, dass ich immer wieder einmal seine Existenz anzweifelte. Aber er blieb nicht tatenlos!

Er nahm sich Zeit, meine Fragen zu beantworten, manchmal sehr viel Zeit, für meinen Geschmack ein bisschen zu viel Zeit ..., aber er antwortete mir. Er brachte mich mit Menschen in Verbindung, die mir zeigten, was Glaube wirklich bedeutet. Einige lernte ich persönlich kennen, andere nur durch Bücher. Auf diese Weise begriff ich nach und nach, dass Glaube und Verstand zwei Dinge sind, die zusammengehören, dass der Glaube meine Fragen nicht vertuscht, sondern vertieft. Ziemlich verwundert musste ich zur Kenntnis nehmen, dass Vertrauen und das Gefühl von Sicherheit, nach dem ich mich so sehnte, leider nur hin und wieder zusammengetroffen sind. Manchmal stellen sich die passenden Gefühle dazu ein, manchmal nicht.

Und irgendwann während eines Gottesdienstes, ich sammelte mich gerade innerlich für meine 257ste Bekehrung, blitzte eine Erkenntnis in mir auf.

Aber Gott ließ mich nicht alleine, obwohl ich mich oft verlassen fühlte. Und irgendwann während eines Gottesdienstes, ich sammelte mich gerade innerlich für meine 257ste Bekehrung, blitzte eine Erkenntnis in mir auf. Sie lässt sich, etwas salopp ausgedrückt, mit folgenden Worten wiedergeben: *Was für einen dämlichen Schwachsinn treibst du hier eigentlich? Glaubst du wirklich, Gott hat das nötig?*

Das klingt jetzt möglicherweise nicht nach einer tiefgreifenden theologischen Erkenntnis. Aber für mich war es ein absolutes Schlüsselerlebnis zu begreifen, dass das ungeschriebene Gesetz von Schwarz und Weiß, von Vorher und Nachher bei Gott überhaupt keine Rolle spielt. Ich hatte schon tausendmal gehört, dass Gott nicht abwartet, bis ich perfekt bin, bevor er mich liebt. Aber ich hatte nie verstanden, was das wirklich bedeutet – was das *für mich* bedeutet.

Ich bin, was ich bin. Ich habe meine Geschichte und keine andere. Und so wie ich bin, nimmt er mich an. Denn aus irgendeinem Grund hat er Interesse an mir und nicht an einem frommen Abziehbildchen mit normiertem Heiligenschein.

Mein Leben ist seit dieser Erkenntnis kein völlig anderes geworden. Veränderungen vollziehen sich oft quälend langsam. Noch immer habe ich meine Fragen und Zweifel. Noch immer verzweifle ich manchmal an mir. Das ist nicht leicht zu ertragen. Aber ich glaube, dass zumindest in einer Hinsicht auch etwas Gutes darinsteckt. Denn so habe ich reichlich Gelegenheit, mich immer wieder auf das zu besinnen, worauf es Gott zuallererst ankommt:

„Nimm die Tatsache an, dass du angenommen bist."

Paul J. Tillich

Thomas Franke, 39

Du bist mit Gott unterwegs
und hast auch coole Sachen
mit ihm erlebt?
Du willst anderen davon erzählen?

Dann schick uns deine Geschichte an:
autorenwettbewerb@gerth.de

Wenn wir wieder genug Geschichten
gesammelt haben, werden wir
die packendsten Storys wieder
in einem Band veröffentlichen.

···› Inspirationen für ein radikales Christsein.

dc Talk /The Voice of the Martyrs:

Jesus Freaks

Berichte von Menschen, die bereit waren, für ihren Glauben bis zum Äußersten zu gehen.

Gebunden, 320 Seiten
Bestell-Nr. 816 395

Es gibt heutzutage mehr Märtyrer als zu Zeiten der Christenverfolgung im Römischen Reich. Allein im Jahr 2000 wurden weltweit über 160.000 Christen wegen ihres Glaubens gefoltert und ermordet. Jedes Jahr kommt etwa die gleiche Zahl hinzu.

In diesem Buch sind die Geschichten von einigen dieser mutigen Christen niedergeschrieben, denen ihr Glaube an Jesus Christus wichtiger war als ihre Bequemlichkeit, ihre Sicherheit und sogar ihr Leben. Für uns ist es schwer vorstellbar, dass Christen auch heutzutage tatsächlich für ihren Glauben leiden oder gar sterben müssen. Umso wichtiger ist es, dass wir ihre Geschichten hören, damit sie nicht in Vergessenheit geraten und damit wir von ihnen zu einem radikalen Christsein inspiriert werden. Denn eigentlich sind sie die wahren „Jesus Freaks" – und wir können von ihnen lernen, worauf es im Leben wirklich ankommt!